생각의 씨앗을 심다

어제보다 나은 오늘을 창조하는 마음공부

생각의 씨앗을 심다

백성호 지음

중앙books
JoongAng Ilbo

마음의 밭에서
싹이 트고 자라는 신비를 맛보세요

지인이 아보카도를 먹고 남은 씨앗을 화분에 심었습니다. 일주일이 지나고, 보름이 지나도 아무런 소식이 없었습니다. '남미처럼 더운 나라에서 자라는 식물이라 한국에선 싹 트기 어렵구나' 싶었답니다. 그래도 혹시 몰라 기다렸습니다. 그랬더니 한 달이 더 지나서야 아보카도의 싹이 올라왔답니다. 지금은 아이 키만큼 훌쩍 자라서 "어쩌면 열매가 열릴지도 모르겠다"고 했습니다. 그 기다림이 참 대단하더군요. 그건 씨앗의 힘을 믿기에 가능한 일입니다.

그 이야기를 듣고 저는 '생각 농사'가 떠올랐습니다. 아보카도 씨앗 앞에서 우리는 기다립니다. 눈에 보이니까요. 그럼 눈에 보이지 않는 씨앗은 어떨까요. 우리는 하루에도 수십 번 보이지 않는 씨앗을 심습니다. 사람들은 그게 씨앗인 줄도 모릅니다. 그래서 물 주는 법도, 햇볕 아래 내놓는 법도, 싹이 트길 기다리는 법도 모릅니다. 아무렇게나 뿌리고, 싹이 트지 않으면 갈아엎어 버립니다. 결국 씨앗은 자라질 못합니다. 그 씨앗이 뭘까요. 다름 아닌 '생각의 씨앗'입니다. 다시 말해 '내 안으로 던지는 물음'입니다. '이건 뭐지?' '왜 이렇게 됐을까?' '앞으로 어떻게 흘러갈까?' '그때 나는 왜 그랬을까?'라는 물음들입니다.

사람들은 묻습니다. 그런 씨앗을 마음의 밭에 어떻게 심느냐고. 간단합니다. 내 안으로 깊이 물음을 던지면 됩니다. 그럴 때 생각의 씨앗이 마음 밭에 박힙니다. 물음이 깊고 구체적일수록 씨앗은 더 탄탄하게 심어집니다.

　사람들은 여기가 끝이라고 여깁니다. 심자마자 아이디어가 떠오르고, 바로 싹이 트지 않으면 포기합니다. 그래서 기다리지 않습니다. 씨앗이 죽었다고 봅니다. 그런 사람은 자신의 삶에서 '생각 농사'를 빠트리고 살게 됩니다.

　우리의 마음은 밭입니다. 이 밭의 힘은 놀랍습니다. 어떠한 씨앗을 심어도 답을 하고, 싹을 틔우기 때문입니다. 이 책에서는 생각의 씨앗을 심는 법, 물을 주는 법, 햇볕에 내놓는 법, 기다리는 법, 싹이 올라오는 풍경, 올라온 싹을 일상에 대입하는 법 등을 다루었습니다. 이런 '생각 농사'가 우리의 삶을 울창한 숲, 행복한 숲으로 만듭니다.

　10년이면 강산이 변한다고 하잖아요. '현문우답'을 중앙일보에 처음 연재한 지 꽤 오랜 시간이 흘렀습니다. 이 책은 저의 세 번째 현문우답입니다. 그동안 저의 농사에도, 글에도 적잖은 변화가 있었습니다. 이전의 책이 마음의 밭을 잘 갈아두는 것이었다면, 이 책에서는 구체적으로 씨앗을 심고 키워서 수확하는 방법을 담았습니다.

　누구나 최고의 농사꾼이 될 수 있습니다. 왜냐고요? 우리에게 이미 마음의 밭이 있으니까요. 그 밭의 힘은 무궁무진합니다. 상상을 초월합니다. 아무리 개발해도 끝이 없습니다.

　그 마음의 밭에 이제 생각의 씨앗을 심어 보세요. 싹이 트고 자라는 신비를 맛보세요. 여러분의 하루가 바뀝니다. 그럼 삶이 바뀝니다. 내 마음 밭의 주인이 될 때 내 삶에서도 주인공이 될 수 있습니다.

　가만, 들리세요? 생각의 씨앗에서 싹이 트는 소리가!

겨우내 언 밭을 봄비가 적실 때
백성호

차례

1장

당신은
어떤 생각의 씨앗을
가지고 있나요

마음에 말을 거는 법

2장

마음의 밭을 뒹구는 모든 흙덩이를 부수어 보세요

모든 괴로움을 파괴하는 법

3장

고요함 속에서
행복이 싹틉니다

삶의 통찰력을 키우는 법

4장

오늘 심는
생각의 씨앗이
새로운 날을 만듭니다
일상을 창조하는 법

5장

내가 바로
주인공입니다

스스로 이끄는 행복한 삶을 누리는 법

물음을 던지지 않으면
꿈이 싹트지 않습니다.

왜냐고요?

물음이 바로

'꿈의 씨앗'이기 때문입니다.

당신은
어떤 생각의 씨앗을
가지고 있나요

나.는.
미.생.일.까.
사.자.일.까.

어릴 적 마루에 한자가 적힌 액자가 하나
걸려 있었습니다. '獅子窟中無異獸(사자굴중무이수)'. 구
산 스님의 붓글씨였습니다. 구산은 '해인사 성철-송광사
구산'으로 불리던 당대의 선지식이었습니다. 뜻은 간단
했습니다. '사자 굴 안에는 다른 짐승이 없다.' 사자는 동
물의 왕입니다. 그렇게 무시무시한 사자가 사는 굴에는
다른 짐승이 살 수가 없습니다. 당연하지 않나요?
　그래도 조금 궁금했습니다. 그럼 저 액자를 왜 벽에 걸

어놓았을까. '여기는 사자가 사는 굴이니 감히 나쁜 액운이 들어올 수 없다.' 저는 그 정도로만 이해했습니다. 나중에야 알았습니다. '사자굴중무이수'에는 깊은 뜻이 담겨 있더군요.

🌼　　　독립운동가로도 유명한 백용성 선사는 제자 고암 스님에게 이렇게 물었습니다. "부처가 가섭에게 연꽃을 들어보인 까닭이 무엇인가?" 고암이 답했습니다. "사자 굴에는 다른 짐승이 있을 수 없습니다." 이 대목을 읽다가 저는 깜짝 놀랐습니다. '사자굴중무이수'라는 글귀를 이런 데서 만날 줄 몰랐거든요. 뜻밖이었습니다. 더구나 용성 스님은 이 물음 끝에 제자의 공부를 인가했다고 합니다. 대체 무슨 뜻일까요.

사람들은 다들 '꿈꾸는 곳'이 있습니다. 거기가 근사한 동네의 높다란 아파트일 수도 있고, 바다 건너 이국땅의 푸른 초원일 수도 있습니다. 아니면 종교에서 말하는 서방정토나 천국일 수도 있겠네요. '그곳에만 가면 나는 참 행복할 텐데….' 그렇게 꿈을 꿉니다. 저는 그런 곳이 사자 굴이라고 봅니다. 그래서 갈 수가 없습니다. 사자 굴에는 사자만 사는 법이니까요. 달팽이로, 토끼로, 염소로, 까치로, 여우로 각자 살아가는 우리는 사자 근처에 갈 엄두도 내지 못합니다. 설사 굴 안에 들어간다

한들 살아서 나오기나 할까요. 그래서 꿈만 꿉니다. 갈 수 없는 땅을 향해 그리움만 영원히 쏟아낼 뿐입니다.

다들 '미생未生'이라고 자책하며 살아가는 시대입니다. 토끼라고, 여우라고, 염소라고 생각하며 살아갑니다. 대리에서 과장이 되고, 부장이 되고, 임원이 되고, 사장이 되면 미생에서 벗어날까요. 절대 갑의 자리에 서면 정말 '완생完生'이 되는 걸까요. 삶의 애환으로부터 자유로워질까요. 저는 아니라고 봅니다. 대기업 회장이라 해도 그런 방식을 통해서는 미생에서 벗어날 수가 없습니다.

그럼 어떡해야 할까요. 붓다는 세상의 모든 '미생'을 향해 힌트를 줬습니다. 네가 바로 연꽃이라고. 네 옆의 사람도, 네 뒤의 사람도, 이 산도, 저 강도, 온 세상이 온통 그렇게 피어 있는 연꽃이라고 말입니다. 그걸 일러주기 위해 한 송이 연꽃을 들어보였습니다.

고암 선사도 삶에 지친 '미생'을 위해 답했습니다. 사자 굴에는 다른 짐승이 없다고 말입니다. 그는 이 산과 저 들과 이 거대한 우주가 모두 사자 굴이라고 말합니다. 알다시피 사자 굴에는 다른 짐승이 살 수 없습니다. 그럼 그 속에 살고 있는 우리는 누구일까요. 대체 누구이기에 이 무시무시한 사자 굴에서 숨을 쉬며 살아가는 걸까요.

여기에 큰 열쇠가 있습니다. 그렇습니다. 우리 모두가 사자입니다. 토끼인 줄 알고, 미생인 줄 알았던 우리가 사자입니다. 굴의 주인입니다. 붓다도, 용성 선사도, 고암 선사도 그렇게 역설합니다. 우리가 연꽃이고, 우리가 사자라고. 그래서 사자 굴에는 다른 짐승이 없는 거라고 말입니다.

누가 거짓말을 하는 걸까요. 나는 분명히 '미생'인데, 붓다는 "아니다. 너는 분명 사자다"라고 합니다. 누구 말이 맞는 걸까요. 여기에 물음을 던질 때 우리는 비로소 '미생'을 벗어나기 시작하는 게 아닐까요.

'미생일까, 사자일까. 과연 나는 누구일까.'

마.음.에.
'왜?'.라.는.
물.음.의.씨.앗.을.
심.으.세.요.

저녁 모임에서 한 선배가 말했습니다. "목표와 꿈은 다른 거라고 생각해. 나는 아이에게 이렇게 말해. 만약 네가 의대에 진학하려고 한다면 그건 너의 목표이지, 너의 꿈은 아니다." 그러자 아이가 물었답니다. "목표와 꿈이 어떻게 달라?" 선배는 이렇게 답했습니다. "가령 네가 '나는 의사가 될 거야'라고 한다면 그건 너의 목표라고 봐. 대신 '나는 슈바이처 같은 의사가 될 거야'라고 말한다면 그건 너의 꿈이라고 봐."

흥미롭더군요. 목표와 꿈, 둘의 차이는 과연 뭘까요. 사람들은 다들 '목표'를 좇습니다. 특목고를 좇고, 일류대학의 인기학과를 좇고, 높은 연봉의 근사한 직장을 좇습니다. 그걸 위해 앞만 보고 달립니다. 부모도 그걸 원하고, 선생님도 그걸 원하고, 자신도 그걸 원합니다. 목표만 달성하면 인생의 모든 문제가 저절로 풀릴 것만 같습니다.

막상 그걸 성취한 사람들은 달리 말합니다. "허전하다"고 말합니다. 대기업의 CEO가 된 사람들도 그렇게 말하더군요. 삶이 허전하다고, 이유를 모르겠다고. 대체 왜 그럴까요. 무엇이 빠졌기에 그런 걸까요. 이유는 하나입니다. '왜?'라고 묻지 않았기 때문입니다. 초등학생 때도, 중학생 때도, 고등학생 때도 자신을 향해 '왜 나는 공부를 하는가?'라는 물음을 던지지 않았기 때문입니다.

물음을 던지지 않으면 꿈이 싹트지 않습니다. 왜냐고요? 물음이 바로 '꿈의 씨앗'이기 때문입니다. '왜?'라고 묻지 않는 사람에게는 '목표'만 있을 뿐입니다. 목표를 달성한 뒤에는 허전함만 밀려옵니다. 그래서 또 다른 목표를 만들고, 또 만듭니다.

그럼 슈바이처는 어땠을까요. 그는 '의사가 되겠다'는 생각도, '슈바이처 같은 의사가 되겠다'는 생각도 하지 않았을 겁니다. 대신 무엇을 했을까요. 먼저 자신을 향해 물음을 던졌을 겁

23

니다. "어떻게 살 것인가?" "나는 왜 의사가 되고 싶은가?" "의사가 된다면 어떤 의사가 될 것인가?" "왜 그런 의사가 되고 싶은가?" "그건 내 삶에 어떤 의미가 있을까?" 그걸 진지하게 묻고, 묻고, 또 물었을 겁니다. 그렇게 씨앗을 심으니 싹이 트는 겁니다.

초등학교 5학년인 아이에게 저는 계속 묻습니다. "너는 왜 공부를 해?" 아이는 처음에 답을 못했습니다. 좀 더 지나자 나름의 답을 합니다. "모르겠어. 나는 커서 뭘 해야 할지 아직 모르겠어." 저는 또 묻습니다. "그래? 그래도 괜찮아. 그건 나중에 싹이 틀 수도 있고, 바뀔 수도 있으니까. 그런데 지금 너는 왜 공부하는 걸까? 공부가 왜 네게 필요하지? 네가 왜 학교에 가고, 왜 학원에 가는 거지? 힘들고 피곤할 텐데." 저는 그저 물음만 던집니다.

그럴 때마다 아이는 생각에 잠깁니다. 골똘하게 이유를 찾습니다. 자기 안으로 내려가 묻습니다. "정말, 나는 왜 공부하지?" 저는 그 과정이 가장 중요하다고 봅니다. 스스로 물음을 던지고, 스스로 답을 길어 올리는 과정. 거기서 생각의 근육이 생기니까요. 답은 하루 이틀 사이에 툭 튀어나오진 않습니다.

그러던 어느 날 아이가 대답합니다. "내 꿈을 이루기 위해서!" 저는 속으로 깜짝 놀랐습니다. 그건 아이가 직접 찾은 '내가 공부하는 이유'였습니다. 그날부터 아이가 조금씩 달라지더군요. 혼자서 계획을 세우고 자기가 알아서 책상에 앉습니다. 저게 남들이 말하는 자기 주도 학습인가 싶더군요.

'왜?'라는 물음은 자기 마음에 심는 씨앗입니다. 그 씨앗에서 싹이 틉니다. 그 싹이 자라서 꿈이 됩니다. 그래서 꿈에는 뿌리가 있습니다. 반면 목표에는 뿌리가 없습니다. 목표 달성후에 허전함이 밀려오는 까닭입니다. 그러니 '왜?'라고 물어야합니다. 그래야 자기 주도 학습도, 자기 주도적 삶도 가능하니까요.

'나.를.위.한.물.음.'에.
집.중.하.세.요.

·

피터 슈라이어. 세계 3대 자동차 디자이너입니다. 기아차
를 '디자인 기아'로 바꾼 장본인입니다. 그를 만난 적이
있습니다. 궁금하더군요. 어떤 노하우가 그를 세계적인
디자이너의 반열에 올렸을까.

  곁에 있던 부하 디자이너가 살짝 힌트를 줬습니다. 예
전에 자동차 운전석의 기어 손잡이를 디자인했을 때입
니다. 부하 직원은 색상과 라인까지 디자인해 실물을 만
들었습니다. 슈라이어가 와서 그걸 봤습니다. 그에게 "기

어 손잡이를 잡아보라"고 말했습니다. 잡았더니 그의 손 위에 슈라이어가 자신의 손을 얹었습니다. 그리고 꽈~악 눌렀습니다. 정말 아플 정도로 말입니다. 그가 "아야!" 하고 소리를 지르자 슈라이어가 말했습니다. "자동차의 기어 손잡이는 몇 시간씩 손을 올리고 있어도 편해야 한다." 그는 디자인만 보지 않았습니다. 운전하는 사람과 자동차가 한몸이 되는지를 체크했습니다.

불교 조계종의 주된 수행법은 간화선看話禪입니다. '산 송장을 끌고 다니는 이 주인공이 누구인가. 이뭣고?' 혹은 '무無' 등의 화두를 듭니다. 요즘은 일반 신자들도 간화선 수행을 꽤 합니다. 처음에는 꿈도 크고 기대도 큽니다. '이뭣고, 이뭣고, 이뭣고…' 하다가 어느 순간 '빵' 터져서 깨달음이 올 것만 같습니다. 그래서 경전 공부를 외면하고 무작정 선방으로 달려가는 스님들도 있습니다.

막상 해보면 다릅니다. 어떤 사람은 아무리 애를 써도 화두가 잡히질 않습니다. 간절함이 올라오지 않습니다. 그들은 하소연합니다. 왜 내게는 간절한 의문이 안 생기나. 왜 운전자와 자동차가 하나가 되지 않나. 그렇게 되묻습니다. 답은 간단합니다. 아직 '나의 물음'이 아니기 때문입니다. 가령 덧셈이 궁금한 학생이 있습니다. 그에게 미적분 문제를 주면 어떻게 될까요. 마음의 톱니바퀴가 계속 헛돌게 됩니다.

그때는 어떡해야 할까요. 내 안에서 올라오는 자연스러운 물음을 찾아야 합니다. 그게 '나의 물음'입니다. 그걸 따라가면 됩니다. 덧셈이 궁금하면 덧셈을, 곱셈이 궁금하면 곱셈을 풀면 됩니다. 그러다 보면 미적분과 '이뭣고'를 미치도록 풀고 싶은 날이 찾아옵니다. 그때는 굳이 애쓰지 않아도 간절해집니다. 내 안에서 올라오는 모든 물음은 간절한 법이니까요.

과학자 에디슨이 왜 헛간에서 거위알을 품었을까요? 사람들은 "천재는 어렸을 때부터 엉뚱하고 유별나다"고 분석합니다. 그게 아닙니다. 어린 에디슨은 자신의 물음을 따라갔던 겁니다. "어미 거위가 품으니까 새끼가 알을 깨고 나오네. 그럼 내가 품어도 나올까?" 자신의 가슴에서 저절로 올라온 물음을 따라서 간 겁니다. 에디슨이 전구를 발명할 때도 그랬습니다. 700회 넘게 연거푸 실험에 실패할 때 사람들은 그게 '거위알 품기'라고 봤을 겁니다. 그러나 에디슨은 자신의 가슴에서 올라온 '나의 물음'을 따라갔습니다.

세상에는 두 종류의 계단이 있습니다. 어떤 계단은 밟을 때

발이 쑥 빠집니다. 실속이 없는 구름 계단입니다. 그게 남의 물음입니다. 또 어떤 계단은 단단하게 발이 탁!탁! 놓입니다. 그걸 디디면 다음 계단을 밟을 수가 있습니다. 에디슨이 품었던 거위알, 700회씩 실패하며 품었던 전구에 대한 물음들. '나의 물음'이 그런 계단입니다. 에디슨에겐 그게 계단이었습니다. 그런 계단을 탁!탁! 밟아갈 때 비로소 우리는 진화합니다.

어쩌면 우리 사회는 남이 준 물음, 남이 준 문제에 너무 익숙한 건 아닐까요. 불교 수행자뿐만 아닙니다. 과학자도, 예술가도, 철학자도, 학생도, 회사원도, 살림하는 주부도 마찬가지입니다. 우리는 가슴에서 올라오는 '나의 물음'을 무시하고 사는 건 아닐까요. 너무 유치하거나, 너무 사소하거나, 너무 민망하다는 이유로 말입니다. 남이 준 물음이나 남들이 알아주는 더 큰 물음을 잡느라고 말입니다.

깊.고,.느.리.게.
달.려.보.세.요.

🌷 　　　서래마을의 한 카페. 입구에는 '음악감상실'이라고 적혀 있더군요. 출입문을 연 뒤 깜짝 놀랐습니다. 카페 사방 벽면에 LP음반이 빼곡하게 꽂혀 있었습니다. "우와~, 아직도 이런 곳이 있었네." 저희 일행은 자리에 앉았습니다.

둘러보니 옛날부터 있던 음악감상실이 아니었습니다. 새로 생긴 곳이더군요. 실내 인테리어는 깔끔하고 모던했습니다. 정겹지만 칙칙한 느낌의 옛날식 음악감상실이 아니더군요. 한쪽 벽에는 '추억의 명반' 앨범 재킷이 빔 프로젝터 영상으로 흐르고 있었습니다.

탁자 위에 메모지도 있더군요. 잠시 후 큼직한 스피커를 통해 신청곡이 흘러나왔습니다. 묘한 기분이었습니다. 그건 추억속 옛 상품을 되새김질하는 고루한 느낌과 달랐습니다. 거리에 즐비한 요즘 커피숍에서 맛볼 수 없는 깊은 맛이 있더군요. 한참 생각했습니다. 그게 뭘까. 무엇이 그런 맛을 주는 걸까.

그건 '틈'이었습니다. 아날로그적 소비 방식에는 곳곳에 틈이 있습니다. 신청한 노래의 선율에 젖고, 가사에 젖고, 사색에 젖을 수 있는 틈 말입니다. 2014년의 음악감상실, 그 경쟁력은 그런 '생각의 공터'였습니다.

🌷   독일 뮌스터는 '자전거 도시'입니다. 도시 곳곳에 자전거 전용도로가 깔려 있습니다. 총연장이 무려 293킬로미터나 됩니다. 뮌스터에 갔다가 눈길을 확 끄는 포스터를 본 적이 있습니다. 깔끔한 양복 차림에 넥타이를 맨 회사원, 세련된 정장을 한 직장 여성이 자전거를 타고 출근하는 사진이었습니다. 아래에 적힌 문구가 기발했습니다. 'Modern Working(모던 워킹)'. 포스터 앞에 섰더니 '나도 모던해지고 싶다'는 생각이 절로 들더군요.

궁금했습니다. 저게 왜 모던하고 세련된 것일까. 포스터의 주인공은 최첨단 디자인의 고성능 스포츠카가 아니었습니다. 그저 아날로그 방식의 평범한 자전거였습니다. 저는 거기서도 '틈'을 봤습니다. 그들이 말하는 모던함은 '생각의 공터'와 연결되더군요. 그런 공터가 우리에게 속삭입니다. '빨리 달리기'에만 매달리지 말고, 깊이 생각하며 천천히 걸어보라고. 그게 바로 '깊이 달리기'라고 말입니다.

세상은 갈수록 빠르게 변합니다. 마치 컨베이어벨트 같습니다. 정신없이 돌아갑니다. 계속해서 발을 내딛지 않으면 금방 뒤로 자빠질 것만 같습니다. 그래서 앞만 보고 달립니다. 가정에서도, 학교에서도, 기업에서도 '빨리 달리기'를 요구합니다. 요즘 대학가에선 문文·사史·철哲이 찬밥 신세입니다. 신입 사원을 채용하는 회사들은 당장 컨베이어벨트 위에서 달릴 수 있는 사람을 원합니다. 대학생들은 그런 스펙을 갖추느라 더 빨리 달립니다.

그 와중에 우리 사회는 '진짜 승부수'를 놓치고 있습니다. 앞으로 펼쳐질 세상을 '빨리 달리기'만으로 따라잡을 수 있을까요. 그 어마어마한 변화를 과연 속도만으로 해결할 수 있을까요. 저는 아니라고 봅니다. 왜냐고요? '빨리 달리기'만으로는 세상을 뚫는 눈을 가질 수 없기 때문입니다. 변화를 읽어내는 눈을 키울 수가 없습니다. '깊이 달리기'가 함께 가야 합니다. 통찰의 눈이 있어야 변화의 방향을 읽을 수 있습니다. 먼저 나를 뚫고, 그 눈으로 사람을 뚫고, 다시 그 눈으로 세상을 뚫어야 하지 않을까요. 그러려면 '깊이 달리기'가 절실하게 필요합니다.

대한민국 대학들의 자화상을 보세요. '빨리 달리기'에 도움이 되는 강의와 동아리는 학생들이 우르르 몰립니다. 반면 '깊이 달리기'를 위한 강의는 폐강되고, 동아리는 문을 닫기 일쑤입니다. 공부도, 스펙도, 취미도 이제 컨베이어벨트 위에서만 돌아갑니다. 다들 두려워하는 무한경쟁 시대. 그걸 헤쳐 가는 가장 핵심적인 승부수가 뭘까요. 급변하는 시대, 통찰력 없는 속도는 위험합니다. 시대를 읽는 방향성이 없기 때문입니다.

'나.만.의.행.복'.을.
찾.아.가.는.단.서.를.
만.들.어.보.세.요.

"고민이에요. 저는 약간 토실한 제 몸매가 좋거든요. 원하는 옷도 다 입을 수 있고요. 먹고 싶은 음식도 별 부담 없이 먹고요. 그런데 사람들이 '예쁘다'고 할 때는 약간 마른 몸매잖아요. 문제는 제가 초콜릿을 좋아해요. 초콜릿 먹을 때는 행복해요. 그걸 포기하고 살을 더 빼야 하나요? 아니면 지금 이대로 좋을까요? 제게 행복한 선택은 어떤 거죠?" – 21세 · 여 · 대학 2년생

"수업 시간에 종이에다 제 삶에서 중요한 걸 쓴 적이 있어요. 덜 중요한 걸 하나씩 제거해갔죠. 마지막에 남은 건 '행복'이라고 쓴 쪽지였어요. 그때 선생님이 제게 물었어요. '네게는 행복이 뭐냐?'고. 저는 답을 못했어요. 삶에서 행복이 가장 중요하다고 생각했는데. 정작 행복이 뭔지 모르겠더라고요." - 22세·여·대학 4년생

이메일이 두 통 날아왔습니다. 20대 초반의 젊은이들입니다. 신문에서 봤다고, 만나고 싶다고 하더군요. 지난 일요일 아침, 강남역 근처 커피숍에서 만났습니다. 모두 7명. 대학생도 있고 직장인도 있더군요. 이들의 공통점은 '열정대학 행복학과'의 남녀 재학생이었습니다.

세상에 '행복학과'란 학과도 있구나 싶었죠. 알고 보니 열정대학은 사회적 기업이더군요. 20대 청년들이 각자의 대학이나 직장을 따로 다니면서 여기서 공부를 하더군요. 저는 깜짝 놀랐습니다. 글쎄 '행복학과'를 학생들이 스스로 만들었답니다. 열정대학에선 그게 가능하다고 했습니다. 원하는 학과를 직접 개설해 석 달간 발표도 하고 공부를 한답니다. 인터뷰가 필요하면 학생들이 직접 섭외해서 만남도 갖습니다.

7명의 학생은 모두 '행복이 뭔가?'에 대한 물음을 안고 있더

군요. 일상의 고민도 함께 내놓았습니다. 진로 문제와 다이어트가 20대의 큰 화두더군요. 그들이 묻고 저는 답했습니다. 또 제가 묻고 그들이 답했습니다. "초콜릿과 몸매. 그것도 행복을 찾아가는 중요한 단서가 될 수 있다. 일상에서 마주치는 모든 고민과 문제가 실은 행복의 문을 여는 문고리라고 생각한다. 초콜릿을 먹을 때의 좋은 기분. 그게 행복일까, 아니면 일시적인 만족일까. 정말 행복이라면 먹고 나서도 후회가 없겠지. 그런 물음을 끝없이 던져야 한다. 그걸 통해 우리는 행복으로 가는 더 구체적인 길을 낸다."

때로는 고개를 끄덕이고, 때로는 다시 물음이 날아왔습니다. '커피 마시면서 한두 시간 정도' 생각했던 만남이 다섯 시간 동안 계속됐습니다. 저도 흥미진진했습니다. 솔직히 속으로 감동했습니다. 요즘 20대는 가볍다고, 철이 없다고, 생각이 깊지 않다고들 하잖아요. 그렇지 않더군요. 저희 세대가 20대 때 던졌던 물음들. 그들도 똑같이 품고 있었습니다. 그 물음을 부화시키려고 안간힘을 쓰면서 말입니다. 그런 아름다운 방황, 젊은 날의 초상肖像이 그들에게 있었습니다.

제 눈에는 학생들이 '자발적 수도자'로 보였습니다. 삶이 뭔가, 행복이 뭔가, 어떻게 살아야 하나, 무엇이 정말 가치 있는 삶인가. 바닥에서 올라온 자신의 물음에 스스로 답을 하려는 '학생 수도자' 같았습니다. 저는 거기서 희망을 봤습니다. 그들은 적어도 우리 사회에서 통용되는 '행복의 공식'에 무작정 끌려가진 않았습니다. 거기에 물음표를 달고, 자신만의 공식을 만들려고 애를 쓰고 있었습니다. 내 마음이 고개를 끄덕이는 나의 행복 공식을 찾으려고 말입니다.

학생들이 만든 행복학과. 참 대단하지 않나요. 바로 그 물음에 답하고자 예수는 광야로 갔고, 붓다는 보리수 아래로 갔으니까요. 각박한 일상을 평계로 저희 기성세대는 그런 물음을 이미 망각했는지도 모릅니다. 행복학과 학생들과 헤어지던 횡단보도 앞. '20대의 나'가 묻습니다. 너에게 행복은 뭔가.

진.정.한.독.서.는.
마.음.의.문.고.리.를.
잡.는.것.에.서.
시.작.됩.니.다.

"곰팡이가 핀 책이 아니라 명상에서 진리를 찾아라. 달을
보기 위해선 연못이 아니라 하늘을 바라보라."

경전의 한 구절이냐고요? 아닙니다. 페르시아의 오래
된 속담입니다. 오랜 세월 속에서도 이 속담은 사라지지
않았습니다. 왜 그럴까요. 속담에 담긴 이치가 지금도 통
하기 때문입니다.

요즘은 너도 나도 '통찰력(Insight)'을 찾습니다. 옛날에

는 가진 정보가 많고, 가진 지식이 많으면 통찰력이 있는 사람으로 여겨지곤 했습니다. 지금은 다릅니다. 이제 웬만한 정보와 지식은 스마트폰 몇 번만 두드려도 얻을 수 있습니다. 정보의 양과 지식의 축적이 더 이상 통찰력으로 직결되진 않습니다.

그래서 다들 묻습니다. "대체 어디에서 통찰력을 키울 수 있을까?" "어떻해야 통찰의 눈을 가질 수 있을까?" 이 물음에 사람들이 주로 내놓는 답은 '책'입니다. "책을 많이 읽어야 한다. 세상에 책만큼 생각을 키워주고, 안목을 넓혀주는 게 어디 있나?"

저는 목숨을 건 듯이 책 읽는 사람도 여럿 만났습니다. 일주일에 한 권씩 읽는 사람도 있고, 1년에 100권을 읽는다는 사람도 있었습니다. 어떤 가톨릭 신부님은 "지금껏 성경책만 1000번을 읽었다"고 하더군요. 참 어마어마한 독서량입니다.

그런데 뜻밖입니다. 그렇게 책을 많이 읽는 이들도 통찰력은 제각각입니다. 책을 많이 읽는다고 통찰력이 더 강한 것도, 책을 적게 읽는다고 통찰력이 더 약한 것도 아니었습니다. 한 달에 열 권 읽는 사람보다 한 달에 한 권 읽는 사람의 통찰력이 더 번득일 때도 있더군요. 그래서 더 유심히 살폈습니다. 강한 통찰력의 소유자들. 그들은 대체 무엇이 다를까. 공통점이 있더군요. "어유, 내게 무슨 통찰력이 있다고…" 손을 내저으면서도 꼭 이런 말을 덧붙였습니다. "나는 책을 많이 읽기보다, 깊이 읽으려고 노력한다."

아하! 싶더군요. 창고에 오래 묵혀둔 책에서만 곰팡이가 피는 게 아니었습니다. 지금 내가 읽고 있는 책에서도 곰팡이는 필 수 있더군요. '명상'이 생략된다면 말입니다. 좌선한 채 고요히 앉아 있는 게 명상이 아닙니다. 깊이 묻고, 깊이 생각하고, 깊이 궁리窮理하는 게 진짜 명상입니다.

독서를 할 때는 책과 내 마음이 마주 앉습니다. 책에는 문고리가 있습니다. 온갖 정보와 지식, 저자의 경험이 담긴 창고를 여는 문입니다. 독자는 그걸 열고 안으로 들어갑니다.

그게 다가 아닙니다. 독서에는 또 하나의 문고리가 있습니다. 그건 책과 마주한 내 마음의 문고리입니다. 그 문고리는 책만 읽는다고 잡히진 않습니다. 책의 내용에 대해 깊이 묻고 궁리할 때 비로소 잡히는 문고리입니다.

책에도 길이 있고, 내 마음에도 길이 있습니다. 책에 난 길을 걸을 때 '지식'이 쌓입니다. 내 마음에 난 길을 걸을 때 '지혜'가 생겨납니다. 책 속에 난 길도 걷고, 내 마음의 길을 향해서도 깊이 걸어 들어가야 합니다. 그래야 내 안에 '길 눈'이 생깁니다. 길을 보고, 길을 알고, 길을 내는 눈. 그게 통찰력입니다. 어찌 보면 "성경책을 1000번 읽었다"는 건 안타까운 고백입니다. '1000번을 읽어도 모르겠더라'는 절규가 깔려 있으니까요. 차라리 성경을 한 구절만 읽고, 거기에 대해서 1000번 묵상(명상)을 했다면 어땠을까요. 그럼 내 안에 성경을 보는 '길 눈'이 생겼을지도 모릅니다.

페르시아 속담을 다시 읽어봅니다. '달을 찾으려면 연못이 아니라 하늘을 보라.' 통찰력도 똑같습니다. 책에 나 있는 길만 따라가면 '지적인 사람'이 됩니다. 책에 난 길을 보며 내 마음에도 길을 낼 때 '지혜로운 사람'이 됩니다. 그게 통찰력입니다. 우리의 삶을 헤쳐 가는 '길 눈'입니다.

'들.판.의.리.더.십'을.
익.혀.보.세.요.

저녁 모임이었습니다. 한 증권사 부사장
이 리더십 이야기를 꺼냈습니다. "회사에 처음 입사했을
때는 할 수 있는 일이 한정돼 있었다. 주로 자료를 복사
하고, 심부름하고, 그 다음에는 문서 작업을 했다. 그런데
직책이 점점 올라갈수록 내가 필요로 하는 리더십이 바
뀌더라." 나중에 임원이 됐을 때는 곰곰이 짚어봤다고 합
니다. 자신이 실생활에서 필요로 하는 리더십이 어떤 건
지. "그랬더니 놀라운 사실을 알게 됐다. 위로 올라갈수

록 내게 필요한 건 책상 앞에 앉아서 공부할 때 배운 게 아니었다. 회의할 때 부하 직원들과 소통하는 법, 서로 다른 의견을 조율하는 법, 사업상 처음 만난 사람과 사귀는 법. 그런 게 가장 중요하더라. 그건 책상 앞이 아니라 오히려 친구들과 놀고 어울리면서 익힌 것들이었다.”

다들 놀랐습니다. 저도 그랬습니다. 우리는 아이들에게 종종 이런 말을 던집니다. “밖에 나가서 놀지만 말고, 책상에 앉아서 공부 좀 해! 제~발.”

돌아오는 길, 저는 생각에 잠겼습니다. 나중에 아이들이 독립할 때 필요로 하는 힘은 뭘까. 그건 어떤 근육일까. 어쩌면 우리는 아이들에게 왼팔로만 매달리는 턱걸이를 강요하고 있는 건 아닐까. 입시라는 무게감에 부모가 먼저 겁을 먹고서. 사회에 나가면 오른팔의 근육도 필요하고, 두 다리의 근육도 필요하고, 배와 등의 근육도 필요한데 말입니다. 우선 입시부터 해결하자, 나머지는 대학 가서 다 할 수 있으니까. 그렇게 핑계 반, 위안 반으로 위장한 채 말입니다.

최재천(국립생태원장) 교수를 만난 적이 있습니다. 그의 교육 철학은 흥미로웠습니다. 한마디로 ‘방목’입니다. 무작정 풀어놓는 방목은 아니었습니다. 긴 끈의 한쪽 끝을 따뜻하게 잡고 있는 방목이었습니다. 최 교수는 아이들을 '제품'에 비유했습니다. "공장에서 기계로 마구 찍어서 나오는 제품을 만들려면 기존의 방식으로 키워라. 그런데 정말 제대로 된 '물건'을 한번 만들어보려는 생각이 있다면 방목하라." 그런 방목을 그는 '아름다운 방목'이라고 불렀습니다. 생각해 봤습니다. 책상에서도 배울 건 많습니다. 들판에서도 배울 건 많습니다. 그럼 어떤 교육법이 가장 지혜로운 걸까요.

두 마리 양이 있습니다. 한 마리는 주로 책상에 앉아서 공부만 합니다. 다른 한 마리는 목장이란 울타리 안에서 마음 가는 대로 뛰어다닙니다. 둘의 가장 큰 차이는 뭘까요. 저는 그게 '내 안에서 올라오는 물음에 스스로 답을 하게 하는가?'라고 봅니다.

들판에서 친구와 놀고, 싸우고, 어울리면서도 숱한 물음이 자기 안에서 올라옵니다. 그게 무슨 물음일까요. 자신의 생활에서 부닥치는 문제들, 그걸 풀기 위한 물음들입니다. 친구가 화났을 때 어떻게 풀까, 전학 온 친구와 어떻게 사귈까, 사과할 때는 무슨 말부터 꺼내야 할까. 자세히 들여다보세요. 이 모두가 결혼 생활, 직장 생활, 사회생활의 문제를 푸는 근육입니다. 그런 물음에 스스로 답할 때 아이들은 사회생활의 리더십을 미리 갖추게 되지 않을까요. 울타리 안에서 자유로운 양이 울타리 밖에서도 자유로우니까요.

　아무리 생각해도 부모의 안목이 참 중요합니다. 책상에 앉는 것도 중요하지만, 들판에서 뛰어다니는 것도 중요합니다. 과연 어느 쪽이 더 중요하고, 어느 쪽이 덜 중요하다고 장담할 수 있을까요. 증권사 부사장은 회사에서 위로 올라갈수록 '책상의 리더십'이 아니라 '들판의 리더십'이 필요하다고 했습니다. 최 교수는 "닭장에서 사육한 닭은 고기 맛이 퍽퍽하다. 반면 방목한 닭은 쫄깃쫄깃한 고기 맛이 끝내준다"고 하더군요. 아이들의 인생에서 책상의 근육이 전부일까요. 들판의 근육도 그 못지않게 중요하지 않을까요. 내 아이를 '제대로 된 물건'으로 키우고 싶다면 더더욱 말입니다.

세.상.의.모.든.색.은.
공.으.로.부.터.나.옵.니.다.

중국 쓰촨성의 청두에서 스팡현으로 갔습니다. 중국 선불
교의 황금시대를 열었던 마조 선사의 고향입니다. 두 시
간쯤 달린 뒤 버스에서 내렸습니다. 그곳에 나한사羅漢寺
가 있었습니다. 마조 선사가 31세 때 출가한 사찰입니다.

경내는 고즈넉했습니다. '제일총림第一叢林'이라고 쓴
현판이 눈에 띄더군요. 중국 선禪불교사에서 마조 선사가
차지하는 무게감을 한눈에 드러내는 문구였습니다. 뜰에
선 나무 위로 새가 날아와 울었습니다. '새 울음'에 관한

마조 선사의 유명한 일화가 있습니다.

그러니까 1200년 전입니다. 마조 선사와 제자 백장百丈은 해 저무는 강기슭을 걷고 있었습니다. 그때 들오리떼가 서쪽 하늘로 줄지어 날아갔습니다. 마조가 물었습니다. "저게 무슨 소리냐?" "들오리떼 울음소리입니다." 둘은 산책을 계속 했습니다. 한동안 말이 없던 마조가 다시 물었습니다. "그 들오리떼 울음 소리가 어디로 갔느냐?" 백장이 답했습니다. "멀리 서쪽으로 사라졌습니다." 그러자 마조는 갑자기 백장의 코를 잡고 비틀었습니다. 당황한 백장은 "아얏!" 하고 소리를 질렀습니다. 그러자 마조가 호통을 치며 말했습니다. "야, 이놈아. 멀리 날아갔다더니 바로 여기 있지 않느냐!"

나한사의 뜰에 섰습니다. 눈을 감았습니다. 새 소리가 뚝 그쳤습니다. 새 울음은 어디로 간 걸까요. 마조는 왜 백장의 코를 비틀었을까요. 마조는 제자에게 무엇을 일깨우고자 했던 걸까요.

우리는 모두 '색色'을 잡습니다. 색이 뭘까요. 눈으로 잡는 형상, 귀로 잡는 소리입니다. 뿐만 아닙니다. 일상에서 일으키는 생각과 마음도 모두 색色입니다. 우리는 늘 그걸 잡습니다. 그러다 결국 지치고 맙니다. 색에서 색으로, 형상에서 형상으로만 겉돌기 때문입니다. 백장도 마찬가지였습니다. 그도 색을 잡았습니다. 새의 울음을 잡았습니다. 그러니 서쪽 하늘 너머로 새가 사라진 뒤에는 멍하게 서 있을 뿐입니다. 그 울음이 대체 어디로 사라졌는지 도통 알 수가 없기 때문입니다.

붓다는 이렇게 말했습니다. "모든 색色이 비었다." 그 빈 자리가 '공空'입니다. 그럼 새 울음은 어디서 나왔을까요. '공'에서 나왔습니다. 그리고 어디로 사라졌을까. '공'으로 사라진 겁니다. 세상의 모든 색은 공에서 나옵니다. 그렇게 나온 색은 다시 공으로 돌아갑니다. 그렇다고 공 따로, 색 따로가 아닙니다. 색이 바로 공이기 때문에 공으로 돌아가는 겁니다.

이런 순환이 원활하고, 자유롭고, 막힘이 없어야 합니다. 왜냐고요. 그게 우주의 이치이기 때문입니다. 마조 선사는 그걸 일러준 겁니다. 네가 보는 눈, 네가 쓰는 마음이 들락날락 돌아가는 '색즉시공 공즉시색色卽是空 空卽是色'임을 말입니다. 불교에서 목이 터지게 "마음을 내려놓으라"고 말하는 것도 이 때문입니다. 색도 뚫고, 공도 뚫어야 이치가 뚫리기 때문입니다. 그런데 백장은 여전히 '새 울음'만 잡고 있었습니다. 색이 공임을 모르니 색만 잡고 있는 겁니다.

그래서 마조 선사가 백장의 코를 비틀었습니다. 왜 그랬을까요. 공으로 사라진 새 울음을 불러내기 위해서입니다. 그랬더니 백장이 "아얏!" 하고 비명을 질렀습니다. 그게 뭘까요. 공으로 들어갔던 새 울음이 "아얏!" 하는 색으로 다시 나온 겁니다. 마조 선사는 그걸 보라고 했습니다. "야, 이놈아. 멀리 날아갔다더니 바로 여기 있지 않으냐!"라고 호통을 치면서 말입니다.

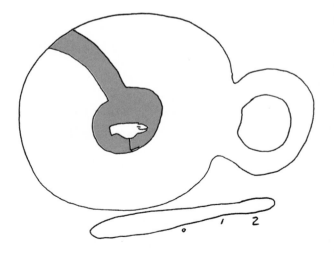

버.리.는.것.을.
두.려.워.마.세.요.

석 달 전이었습니다. 휴대전화가 울렸습니다. "혹시 이현
주 목사님 전화번호 알아?" 신문사 선배였습니다. 이 목
사는 그리스도교의 영성을 좇는 수도자이자 시인입니다.

수소문했습니다. 강원도 원주에서 시골 목회를 하는
고진하 목사에게 물었습니다. 고 목사도 시인이라 통할
것 같았거든요. "이 목사는 휴대전화 없어. 집 전화번호
가 있는데 전화해도 안 받을걸. 산에다 움막을 짓고 살거
든. 거긴 전화도 없어. 가끔 산에서 내려오면 우리 집에

들르긴 해." '043'으로 시작하는 집 전화번호를 선배에게 알려 줬습니다. 그러고는 까맣게 잊었습니다.

그저께였습니다. 그 선배가 노래를 하나 들려주더군요. 노래 꾼 장사익의 새 앨범에 담긴 곡이었습니다. 제목은 '우리는 서로 만나 무얼 버릴까.' "그때 일러준 전화번호가 이 노래가 나오는 데 일조했다." 알고 보니 장사익 선생이 이 목사의 시에다 노래를 입히려고 연락처를 수소문한 것이었습니다. 가까스로 이 목사의 딸이 전화를 받는 바람에 연락이 닿았다고 했습니다.

노래는 제목부터 의미심장하더군요. 왜냐고요? 우리의 삶에도 숱한 만남이 있습니다. 다들 생각합니다. '우리는 서로 만나 무엇을 얻을까.' 그렇습니다. 우리는 만남을 통해 무언가 얻기를 바랍니다. 그래서 내가 채워지고, 강해지고, 부유해지기를 꿈꿉니다. 그래야 생산적인 만남이라고 생각합니다. 그런데 이 목사의 시는 거꾸로입니다. '우리는 서로 만나 무얼 버릴까.'

눈을 감았습니다. 노래를 들었습니다. 그건 노래가 아니더군요. 차라리 물음이었습니다. 깊은 묵상에서 길어올린 예리한 시선이 장사익 선생의 절절한 목청을 타고 날아왔습니다. 노래는 이렇게 묻더군요. '당신은 만남을 통해 무엇을 버리는가.'

이 목사는 그런 만남을 강물에 빗댔습니다.

'바다 그리워 깊은 바다 그리워/ 남한강은 남에서 흐르고 북한강은 북에서 흐르다/ 흐르다가 두물머리 너른 들에서/ 남한강은 남을 버리고 북한강은 북을 버리고/ 아 두물머리 너른 들에서 한강 되어 흐르네/ 아름다운 사람아 사랑하는 사람아.'

남북한 이야기뿐이 아닙니다. 사람도 그렇습니다. 너와 나의 관계도 마찬가지 아닐까요. 누구나 두려워합니다. 남한강은 남을 버리면 자신을 잃을까 봐 겁을 냅니다. 북한강은 북을 버리면 더 이상 강이 아닐까 봐 두려워합니다. 우리가 상대방 앞에서 나의 고집을 버릴 때도 똑같습니다. 더 이상 내가 아닐까 봐, 나의 중심이 사라질까 봐 겁이 납니다. 그래서 쉽사리 자신을 꺾지 못합니다.

그런데 강물이 보여줍니다. 남한강이 남을 버리고, 북한강이 북을 버릴 때 우리는 '한강'이 된다고. 하나의 강, 커다란 강이 된다고 말입니다. 얻음이 아니라 버림을 통해서 말입니다. 우리가 생각지도 못했던 방식을 통해서 말입니다. 그래서 바다로 흘러간다고 일러줍니다.

곰곰이 짚어봅니다. 서로 다른 두 강줄기가 만났습니다. 자신을 버릴 때 그들은 왜 하나가 될까요. 내가 사라지는 게 아니라 오히려 '더 큰 강'이 되는 걸까요. 거기에는 이유가 있습니다. 나를 버릴 때 상대방 속으로 녹아들기 때문입니다. 뒤집어 말하면 나를 버릴 때 비로소 상대방이 내 속으로 녹아들게 됩니다. 그래서 하나의 큰 강이 됩니다.

　그걸 알면 두렵지 않습니다. 나의 중심을 버린다고 중심이 사라지지 않으니까요. 오히려 더 큰 중심이 생겨납니다. 남한강만 움직이던 중심축이 한강의 중심축으로, 나중에는 오대양까지 움직이는 중심축으로 확장됩니다. 다시 재생 버튼을 눌러 봅니다. 노랫말이 날아와 가슴에 꽂힙니다. 첫 소절부터 바다가 그립다고, 푸른 바다가 그립다고 노래합니다. 그곳에 닿는 방법은 참 명쾌합니다. '우리는 서로 만나 무얼 버릴까.'

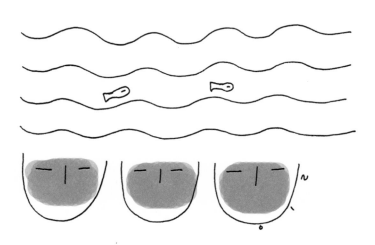

나.만.의.
매.화.를.
피.우.세.요.

찻잔을 사이에 두고 앉았습니다. A대학의 교수가 말했습니다. "저는 정말 행복할 줄 알았어요." 학창 시절, 세 가지 꿈이 있었다고 했습니다. 외국으로 유학을 가서 5년 안에 박사 학위를 딸 것. 그 다음에 미국의 유수한 대학에서 교수가 될 것. 마지막으로 대학 근처의 백인들이 사는 근사한 동네에다 집을 장만할 것. "이 세 가지를 이루는 날, 저는 행복하리라 생각했어요."

정말 최선을 다해 뛰었다고 합니다. 네 시간 이상 잔

날이 없었답니다. 결국 5년 만에 박사가 되고, 미국에서 손꼽히는 대학의 교수가 되고, 멋진 집을 장만했습니다. "그날만 기다렸어요. 드디어 그 집으로 이사했어요. 정말 행복할 줄 알았어요. 그런데 달랐습니다. 굉장히 허한 감정이 밀려오더군요. 거기에 행복은 없었습니다."

이야기를 듣다가 저는 '매화'가 떠올랐습니다. 밖에는 찬바람이 쌩쌩 붑니다. 겨우내 쌓인 눈은 녹지도 않았습니다. 발목까지 푹푹 잠깁니다. 우리의 삶입니다. 삶은 늘 춥고 수시로 고달픕니다. 그 눈길을 뚫고 사람들은 떠납니다. 매화를 찾아서. 겨울 끝, 봄의 시작을 알리는 꽃. 내 인생의 겨울이 끝나고, 내 삶의 봄이 시작됨을 알려줄 꽃. 그 찬란한 '터닝 포인트'를 찾아서 말입니다.

산과 들을 뒤집니다. 공간뿐만 아닙니다. 시간까지 뒤집니다. '옛날에는 행복했던가, 미래에는 행복할 거야.' 그래도 매화는 보이지 않습니다. 뒤지고 뒤져도 없습니다. 대체 매화는 어디에 숨은 걸까요. 사람들은 지칩니다. 결국 기진맥진해서 집으로 돌아옵니다. 그랬더니 내 집 뜰에 매화가 피어 있습니다. 그렇게 찾아 헤매던 매화가 말입니다.

다들 아는 이야기라고요? 아니요. 사실은 모르는 이야기일 걸요. 왜냐고요? 우리는 지금도 집을 나가 눈 속을 헤치며 매화를 찾고 있으니까요. 그렇게 행복을 찾고 있으니까요.

　사람들은 '먼 곳'에 익숙합니다. 늘 먼 곳을 바라보고 먼 곳을 동경합니다. '님은 먼 곳에'란 노래도 있잖아요. 매화도 그렇게 멀리 있습니다. 밤하늘의 별처럼 말입니다. 숱한 예술가들이 먼 곳을 노래했습니다. 별들이 울어대는 고흐의 그림을 봐도, 윤동주의 시 '별 헤는 밤'을 읊조려도 그렇습니다. 행복은 늘 멀리 있습니다. 별이 아스라이 멀듯이.

　여기에는 없는 별. 먼 곳에는 있는 별. 박사가 되고, 교수가되고, 이사를 하면 찾을 것만 같은 별. 그 별은 대체 어디에 있을까요. 이 우주의 어디쯤에 그 별이 있을까요. 여기서 우리가빠트린 아주 중요한 사실이 하나 있습니다. 곰곰이 생각해 보세요. 달에 가서 보면 어떨까요. 화성에 가서, 목성에 가서, 아니면 더 먼 우주에 가서 보면 어떨까요. 그렇습니다. 지구가 그런 별입니다. 그토록 동경하던 별. 그토록 가고 싶던 별. 우리가 바로 그 별에 살고 있습니다. 그게 지구입니다. 당신이 발을딛고 서 있는 '지금 여기'입니다.

　그러니 매화는 언제 필까요. 겨울의 끝자락, 아니면 봄의 초입에만 필까요. 아닙니다. 행복의 매화는 사시사철 피어납니다. 내 집 뜰 앞에 지금도 피어 있습니다. 고통의 순간, 슬픔의 순간에도 매화는 지지 않습니다. 쉬지 않고 피어납니다. 하루 네 시간씩 자며 공부하던 시절. 힘들고 고달팠던 순간들. 그곳에 정말 매화가 없었을까요.

과거의 나는 기억이고, 미래의 나는 꿈입니다. 진짜 나는 '지금 여기'에 있습니다. 그럼 행복은 어디에 있어야 할까요. 내게 이미 주어진 행복을 깨닫는 일. 그걸 이해하면 눈밭은 순식간에 매화밭이 됩니다. 우리의 일상, 내 집 뜰에는 매순간 매화가 피어나니까요.

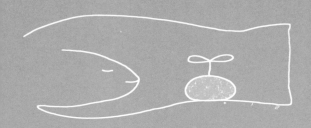

파괴의 통로가
곧 창조의 통로입니다.

들숨의 통로가
날숨의 통로입니다.

잘 창조하려면
잘 파괴해야 합니다.

2장

모 든 괴 로 움 을 파 괴 하 는 법

마음의 밭을
뒹구는 모든 흙덩이를
부수어 보세요

파.괴.가.
곧.
창.조.의.통.로.입.니.다.

블랙홀의 별명은 '우주의 괴물'입니다. 아인슈타인이 처음으로 블랙홀의 존재를 제시했습니다. 물론 그때는 '블랙홀'이란 이름은 없었지만 말입니다. 블랙홀은 빨아들이는 힘이 너무 강해 빛은 물론 시간과 공간까지 후루룩 마셔버립니다. 아인슈타인도 블랙홀을 달가워하지 않았다고 합니다. 블랙홀은 시간과 공간까지 뒤엉켜버리는 곳이라 '자연의 법칙이 피해야 할 저주'라고 여겼답니다.

지구가 속한 은하계에서 가장 가까운 은하가 안드로메다입니다. 안드로메다의 중심에서 블랙홀이 확인됐을 때 과학자들은 두려움에 떨었습니다. 안드로메다는 지구를 향해 계속 다가오고 있었으니까요. 그리고 시간이 흘렀습니다. 이번에는 지구가 속한 은하의 중심에도 블랙홀이 있다는 게 밝혀졌습니다. 당시 과학자들의 심장이 얼어붙지 않았을까요. 지구가 '우주의 괴물'을 중심으로 빙글빙글 돌고 있는 셈이니까요. 저 먼 은하에 폭탄이 있다고 여겼는데, 알고 보니 내가 사는 은하에 폭탄이 심어져 있는 겁니다. 무엇이든 빨아들이는 블랙홀은 정말 괴물일까요.

영국의 물리학자 스티븐 호킹은 블랙홀이 빨아들이기만 하는 게 아니라 내뿜기도 한다고 했습니다. 빛마저 마셔버리는 무시무시한 블랙홀이 동시에 무궁무진한 에너지를 방출하고 있다는 겁니다.

영화 〈인터스텔라〉를 봤습니다. 영화에서 블랙홀은 우주의 미스터리, 중력의 수수께끼를 푸는 열쇠로 등장합니다. 있음과 없음, 존재와 비존재, 상대성이론과 양자역학으로 대변되는 현대 과학의 막다른 골목을 뚫고 나가는 키워드로 말입니다. 아직 인류는 블랙홀에 대해 잘 모릅니다.

동양에선 옛날부터 거대 천체天體를 대우주, 사람을 소우주라고 불렀습니다. 둘의 속성이 통한다고 봤습니다. 그럼 우주에도 블랙홀이 있으니 사람에게도 블랙홀이 있지 않을까요. 저는 그게 '숨구멍'이라고 봅니다. '파~아!' 하고 숨을 길게 내뱉어 보세요. 그리고 멈추세요. 10초, 20초, 30초…. 금방 숨이 막힙니다. 죽을 것만 같습니다. 살려면 어떡해야 할까요. '후~웁!' 하고 다시 숨을 들이마셔야 합니다. 내쉬고, 들이마시고, 내쉬고, 들이마시고. 그게 이어질 때 우리는 '살아있다'고 합니다.

공기만 그런 게 아닙니다. 우리의 생각과 감정도 블랙홀을 통과합니다. 가령 오후가 되자 '배가 고프다'는 생각이 툭 올라옵니다. 블랙홀에서 생각이 튀어나온 겁니다. 창조입니다. 라면을 하나 끓여 먹습니다. 배가 빵빵해집니다. '아이, 배고파' 하던 생각이 온데간데없이 사라져 버립니다. 어디로 갔을까요. 블랙홀 속으로 '쑤욱' 들어가 버린 겁니다. 파괴입니다. 그게 블랙홀의 날숨과 들숨입니다.

인간의 감정도 하나씩의 별입니다. 블랙홀에서 나와 나름의 궤도를 돌고, 다시 블랙홀로 들어갑니다. 이 세상에 블랙홀로 돌아가지 않는 감정이란 없습니다. 그런데도 우리는 종종 감정의 파괴를 거부합니다. "어떻게 이 아픔과 이 고통을 잊을 수 있어?" 블랙홀로 들어가는 별을 가로막고 붙잡습니다. '나의 고집'이란 강력한 중력을 만들어서 블랙홀에 맞섭니다. 블랙홀 안으로 사라지는 걸 막습니다. 그래서 아픔과 슬픔의 별이 10년이든 20년이든 궤도를 그리며 내 안을 떠돌게 합니다. 결국 소우주는 슬픔의 우주가 되고 맙니다.

알면 알수록 블랙홀은 '우주의 괴물'이 아닙니다. 오히려 블랙홀이 있어서 우주의 숨통이 트입니다. 현대 과학은 아직 블랙홀의 기능을 잘 모릅니다. 그래도 호킹 박사는 "블랙홀이 그리 검기만 한 건 아니다(Black holes ain't so black)"고 했습니다. 무작정 집어삼키는 암흑만은 아니라는 말입니다.

파괴의 통로가 곧 창조의 통로입니다. 들숨의 통로가 날숨의 통로입니다. 잘 창조하려면 잘 파괴해야 합니다. 잘 파괴한 곳에서 다시 창조가 일어납니다. 파괴가 이미 창조의 한 과정입니다. 사람의 감정도 마찬가지입니다. 희로애락喜怒哀樂의 별이 생겨나고, 희로애락의 별이 사라지고. 그래야 우주가 숨을 쉬는 게 아닐까요. 블랙홀을 통해서.

우.리.의.
일.상.은.
작.은.우.주.입.니.다.

태초에 빅뱅이 있었습니다. 엄청난 대폭발이 있었고, 그로 인해 세상에 온갖 원소와 물질이 생겨났습니다. 그들이 또 숱하게 충돌하며 화학적 결합을 거듭한 끝에 별이 탄생했습니다. 그 별끼리 충돌하고, 부서지고, 다시 뭉치며 지구가 생겼습니다. 다시 엄청난 시간이 흘러서 생명이 나왔습니다. 그 생명이 진화를 거듭한 끝에 인간이 등장했습니다. 여기에 약 138억 년이 걸렸다고 합니다. 그 끝자락에 여러분과 제가 이렇게 숨을 쉬며 서 있습니다.

이게 우주의 역사입니다.

빅뱅은 과학자들의 출발선입니다. 빅뱅에서 모든 게 뿜어져 나왔고, 그로 인해 이 거대한 우주가 펼쳐졌으니까요. 과학자들을 만나면 저는 가끔 묻습니다. "그럼 빅뱅 이전에는 무엇이 있었나요?" 과학자들은 고개를 가로젓습니다. "만약 '빅뱅 이전'이라는 게 있다면, 우주의 출발선을 빅뱅에서 거기로 옮겨야 한다. 거기가 출발선이니까. 과학은 증명할 수 있는 대상만 다룬다. 어쩌면 '빅뱅 이전'은 과학의 영역이 아니라 종교의 영역이다"라고 답합니다. 먼 훗날 과학이 더 발전하면 '빅뱅 이전'도 과학의 대상이 되겠죠.

과학과 달리 명상과 종교에는 '빅뱅 이전'이 있습니다. 그리스도교에서는 그걸 '말씀(Logos)'이라고 부릅니다. 성경에는 '태초에 말씀이 있었다'고 기록돼 있습니다. 천지창조로 인해 만물과 우주가 생겨나기 전에 '말씀'이 있었다고 말합니다. 그래서 그리스도교의 빅뱅 이전은 '말씀'입니다.

불교에도 '빅뱅 이전'이 있습니다. 그게 뭘까요. 다름 아닌 공空입니다. 공에서 온갖 물질과 형상과 사유가 튀어나옵니다. 그런 물질과 형상과 사유가 바로 색色입니다. 공이 색으로 나오는 걸 '창조'라 부르고, 색이 공으로 들어가는 걸 '파괴'라 부룹니다. 물질은 물론 주위의 빛까지도 몽땅 빨아들이는 게 '블랙홀'입니다. 색이 공으로 들어가는 통로입니다. 그 반대도 있습니다. '화이트홀'입니다. 공에서 색이 창조되는 통로입니다. 과학에서 화이트홀은 아직 입증되지 않았습니다. 가설로만 존재할 뿐입니다.

때로는 명상이나 종교의 통찰이 과학을 앞지를 때도 있습니다. '빅뱅 이전'과 '빅뱅 이후'의 관계도 그렇습니다. 과학은 그 둘을 시간적 일직선상에 놓습니다. 그런 방식을 통해선 '빅뱅 이전'을 찾을 수가 없습니다. 앞에서 설명한 것처럼 과학은 빅뱅을 첫 출발점으로 보니까요. '빅뱅 이전'이 있다면 출발선을 더 앞으로 당겨야 한다고 보죠.

저는 인간이 하나씩의 별이고, 우리의 일상이 작은 우주라고 봅니다. 거기에는 블랙홀도 있고, 화이트홀도 있습니다. 예를 들어 볼까요. 아무 감정도 없었는데 갑자기 짜증이 확 올라옵니다. 창조입니다. 시간이 조금만 지나자 짜증이 싹 사라집니다. 파괴입니다. 눈에 보이지 않는 화이트홀과 블랙홀을 통해 창조와 파괴는 지금도 쉼 없이 일어나고 있습니다. 그렇게 '빅뱅 이전'과 '빅뱅 이후'를 오가는 겁니다. 그러니 블랙홀 따로, 화이트홀 따로가 아닙니다. 둘은 하나의 홀입니다. 들어올 때는 블랙홀, 나갈 때는 화이트홀이 될 뿐입니다.

'빅뱅 이전'과 '빅뱅 이후'도 그런 관계입니다. 도화지 위에 연필로 그림을 그려보세요. 빅뱅 이후에 펼쳐진 우주처럼 말입니다. 별도 그리고, 달도 그리고, 나무도 그려보세요. 우리 눈에는 별과 달과 나무만 보입니다. 다시 유심히 들여다보세요. 그 별과 달과 나무 속에는 도화지가 가득 차 있습니다.

'빅뱅 이전'도 그런 겁니다. 바닥이 없는 도화지 같은 겁니다. 그래서 '빅뱅 이후' 속에 '빅뱅 이전'이 가득 차 있습니다. 그것만 알아도 우리의 삶이 달라집니다. 태초의 거대한 평화가 내 안에 이미 가득 차 있음을 깨닫게 되니까요.

'내.가.만.든.틀'.을.
깨.어.버.리.세.요.

조선 500년과 일제 식민지를 거치며 한국
불교는 쪼그라들었습니다. 근대에 한국 불교를 다시 일
으킨 이가 경허鏡虛 선사(1849~1912)입니다. 경허가 아
꼈던 제자 셋이 있습니다. 수월水月, 만공滿空, 혜월慧月.
그들을 '경허의 세 달'이라 부릅니다. 하루는 수월 스님
이 만공 스님과 대화를 나누다가 뜬금없이 숭늉 그릇을
내밀었습니다. "여보게 만공. 이걸 숭늉 그릇이라고 하지
말고, 숭늉 그릇이 아니라고도 하지 말고. 한마디 똑바로

일러 보소.”

　잠시 침묵이 흘렀습니다. 만공 스님이 자리에서 벌떡 일어났습니다. 방문을 열더니 그 숭늉 그릇을 밖으로 휙 던져버렸습니다. 그릇은 박살이 났겠죠. 만공 스님은 돌아와 자리에 앉았습니다. 아무 일도 없었다는 듯이. 그걸 본 수월 스님이 말했습니다. “잘하였소. 참으로 잘하였소.”

🌸　　　수년 전에 한 스님과 마주했습니다. 중국 임제 선사의 일화를 꺼내더군요. “저 방으로 들어가도 30방, 들어가지 않아도 30방일세. 자, 어떻게 대답하겠나?” 방문을 넘어가도 몽둥이로 30방을 맞아야 하고, 넘어가지 않아도 30방을 맞아야 합니다. 여러분은 어떻게 하시겠습니까. “어차피 30방이라면 안도 밖도 아닌 문지방 위에 서 있으면 되지 않느냐?”고 하실 분도 있겠네요. 그렇게 잔머리를 굴려도 30방이 날아갈 겁니다.

　수월 선사의 물음과 임제 선사의 물음은 맥이 통합니다. 앞으로 가도 절벽, 뒤로 가도 절벽입니다. 선문답은 바로 그 자리에서 우리에게 묻습니다. 까마득한 절벽에서 앞으로도 못 가고, 뒤로도 못 가는 우리를 겨눕니다. ‘자, 어떡할 건가. 이 진퇴양난의 위기를 어떻게 넘을 건가. 어디 대답 한번 해보시오!’

77

무한경쟁의 시대를 살아가는 현대인들도 종종 이런 절벽 위에 섭니다. 회사에서는 기존의 제품과 시장을 확 뛰어넘을 창조적인 아이템을 찾습니다. 그걸 위해 머리를 쥐어짭니다. 앞으로 가면 다른 제품과 비슷하고, 뒤로 가도 획기적인 맛이 없습니다. 그런 '절벽'에서 어떡해야 할까요.

그걸 푸는 단초를 수월과 임제의 일화가 일러줍니다. 우리는 대부분 '절벽 안'에서 생각합니다. 여기서 왼쪽으로 갈까, 오른쪽으로 갈까. 어떡해야 절벽을 피할 수 있을까. '절벽'은 하나의 무대입니다. 그 무대 위에서 이 길로 가든, 저 길로 가든 큰 차이는 없습니다. 무대 자체를 벗어날 수는 없으니까요. 그래서 이 제품도 새로울 게 없고, 저 제품도 남다를 게 없습니다.

만공 스님의 해법은 달랐습니다. "숭늉 그릇이라고도 하지 말고, 숭늉 그릇이 아니라고도 하지 마라"는 수월 앞에서 그릇을 깨버렸습니다. 사실 무엇을 깬 걸까요. '수월의 기준' '수월의 잣대' '수월의 무대'를 깨버린 겁니다. 그럼 어떻게 될까요. 새로운 차원, 새로운 무대가 펼쳐집니다. 숭늉 그릇을 깨버리는 순간, 수월이 제시한 절벽이 사라지기 때문입니다.

우리의 삶에도 '숭늉 그릇'이 있습니다. 다름 아닌 '내가 만든 기준' '내가 만든 잣대'입니다. 그래서 가톨릭에선 "내 탓이

오!"라며 가슴을 치는 겁니다. '나'가 있어서, '나'로 인해 절벽이 생겨났기 때문입니다. 스티브 잡스는 한때 선禪불교에 심취했습니다. 그도 선문답 속의 '숭늉 그릇'을 들고 적잖이 고민했을 겁니다. 결국 잡스는 나름의 그릇을 깨고 스마트폰이란 새로운 무대를 열었습니다.

삶에서 우리는 각자의 '절벽'을 가지고 있습니다. '들어가도 30방, 안 들어가도 30방.' 어떡하실 건가요. 그걸 뛰어넘고 싶으세요? 그렇다면 그 물음을 던진 임제 선사를 '꽉!' 하고 밀쳐버리세요. 그 순간, '30방'이 사라져버립니다. 임제가 만든 기준, 임제가 만든 절벽이 없어집니다. 바로 그때 차원이 다른 세상이 펼쳐집니다. 그럼 임제가 어디에 있을까요. 맞습니다. 내 안에 있습니다.

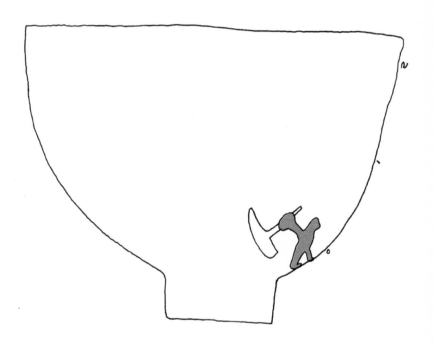

내.

마.음.주.머.니.에.

보.석.이.있.습.니.다.

성철性徹(1912~93) 스님은 생전에 꼭 '어째서?'를 물으라
고 했습니다. 간화선看話禪(화두를 들고 참구하는 불교 참선
법) 수행을 할 때도 '무無' 혹은 '정전백수자庭前栢樹子(뜰
앞의 측백나무)'란 화두를 받으면 그냥 '무·무·무' 해선 안
된다고 했습니다. "어째서 무라 했는가? 무슨 이유로 '정
전백수자'라 했는가? 어째서를 늘 붙여서 물어야 한다"
고 거듭 강조했습니다. 중국의 조주 선사는 왜 '무無'라고
했을까. 그걸 말할 때 조주 선사는 어떤 심정이었을까.

그렇게 끊임없이 물음을 던지고, 그 물음의 끈을 따라 두레박을 타고 자기 안으로 내려가라고 했습니다.

성철 스님이 강조했던 '어째서?'는 현대인의 가슴을 두드립니다. 나는 왜 공부를 하나, 나는 왜 직장을 다니나, 나는 왜 돈을 버나. 목표만 좇다가 망각해버린 나의 존재 이유를 되돌아보게 하기 때문입니다.

서울에서 차를 타고 꼬박 네 시간을 달렸습니다. 경남 산청에 있는 '성철 스님 기념관'을 찾았습니다. 대전-통영고속도로의 단성IC에서 불과 3분 거리더군요. 기념관 바로 옆에는 성철 스님 생가와 사찰 겁외사劫外寺가 있었습니다. 많을 때는 연간 방문객이 30만 명에 달한다고 합니다. 산청군청에서는 성철 스님을 '합천 해인사의 자랑'만이 아니라 '산청의 자랑'이라고 하더군요. 성철 스님은 결혼하고서도 스물네 살 출가할 때까지 산청에서 살았으니까요.

성철 스님을 23년간 시봉했던 상좌 원택(백련불교문화재단 이사장) 스님은 동서남북으로 1킬로미터 안에 있는 산과 논이 모두 큰스님(성철 스님) 집 소유였다고 했습니다. 부잣집 맏아들인데도 출가한다고 했을 때 성철 스님의 아버지는 화병이 났다고 합니다. 뼈대 있는 유림의 집안에서, 그것도 장남이 출가를 선언하니 속이 터질 지경이었답니다. 그런데 지금은 성철 스님이 '산청의 자랑'이 됐더군요.

기념관으로 갔습니다. 1층 외벽에는 검은 돌 위에 성철 스님의 생전 모습들이 사진으로 새겨져 있었습니다. 안으로 들어 갔습니다. 출입문의 이름이 눈에 띕니다. '성불문成佛門'. 말 그대로 부처를 이루는 문입니다. 입구 양 옆에 새겨진 글귀가 방문객의 가슴을 찔렀습니다. '자기가 본래 부처님입니다.'

그 앞에서 눈을 감았습니다. 자기가 본래 부처다. 그건 첫 단추였습니다. 부처를 찾는 첫 단추 말입니다. 성철 스님은 생전에 법문에서 늘 말했습니다. "수행이란 내게 없는 부처를 찾는 게 아니다. 내가 본래 부처임을 깨달으면 그만이다." '부처' 란 보석이 만약 바깥에 있는 것이라면 참 난감합니다. 우리가 무슨 수로 그걸 찾을 수 있을까요. 이 넓디넓은 세상의 어디에 가서 그 보석을 찾을 수 있을까요.

아무리 생각해도 천만다행입니다. 보석이 바깥이 아니라 내 안에 있으니까요. 자기 주머니에 그 보석이 있으니까요. 우리가 할 일은 각자 마음 주머니에서 그 보석을 찾아내는 일입니다. 그게 불교에서 말하는 수행입니다. 그래서 누구에게나 가능한 일입니다. 왜냐고요? 내게 없는 것이 아니라 이미 내게 있는 걸 찾기 때문입니다. 그렇게 보면 수행은 부처를 찾는 일이 아니라 "나는 중생이다"라는 착각을 치우는 일입니다. "내 안에 보석이 없다"는 착각을 없애는 일입니다.

성불문 오른편에도 글귀가 있습니다. '모든 중생 행복을 바랍니다.' 행복으로 가는 지름길이 성철 스님의 법어로 적혀 있더군요. "모든 행복은 남을 돕는 데서 온다. 나를 위하여 남을 해침은 불행의 근본이다. 참다운 행복은 오직 나를 버리고 남을 돕는 데서 온다." "천하에 가장 용맹스러운 사람은 옳고도 남에게 질 줄 아는 사람이다. 칭찬과 숭배는 나를 타락의 구렁으로 떨어뜨리는 것이고 천대와 모욕만큼 나를 굳세게 하는 것은 없다."

안으로 들어서자 대리석으로 조각한 성철 스님상이 앉아 있었습니다. 오른손으로 주장자를 짚고 해인사 법당에서 사자후를 토하던 표정입니다. 기념관 맞은편에는 멀리 지리산 천왕봉이 보였습니다. 기념관을 나서는데 성철 스님의 사자후가 쩌렁쩌렁 울립니다.

"이놈아, 네가 본래 부처다!"

문.제.속.에.서.
답.을.찾.아.보.세.요.

강원도 인제에서 심마니 김영택 씨를 만
난 적이 있습니다. 그는 산삼 캐는 일을 "500원짜리 동전
찾는 일"에 빗대더군요. 그런데 헬기를 타고 가다가 산에
휙 던져버린 동전을 다시 찾는 일이라고 합니다. 어이쿠,
그게 가능할까요. 그만큼 힘들다네요.

오래된 산삼을 캤던 장소는 '1급 비밀'이랍니다. 자신
이 죽을 때가 되지 않고선 아내와 자식에게도 절대 비밀
이라네요. 왜냐고요? 거기서 다시 산삼이 올라올 가능성

이 크니까요. 김씨는 650년이 넘는 1미터 30센티미터짜리 산삼을 캔 적이 있습니다. 거기서 25미터 떨어진 지점에서 5년 후에 450년이 넘는 산삼을 다시 캤답니다. 새가 물고 가지 않는 한 산삼의 씨앗은 주위에 떨어집니다. 땅속에서 몇 년씩 잠을 자던 산삼이 올라온 겁니다. 그의 방에는 산삼을 든 당시 사진도 걸려 있더군요.

🌼　　"누가 ××산에서 큰 삼을 캤다"는 소문이 돌면 전국에서 심마니들이 우르르 몰려옵니다. 그리고 그 산을 이 잡듯이 샅샅이 뒤집습니다. 심마니에게 산삼 캔 장소는 뒤처리도 중요합니다. 흙을 판 흔적만 있어도 "이 근처에 산삼 있으니 가져가소" 하고 광고하는 격이라네요. 김씨는 산삼을 캔 뒤에 흙으로 덮고, 다시 나뭇잎으로 덮고, 자신만 알아볼 수 있는 표식을 한참 떨어진 곳에다 남긴다고 했습니다.

🌼　　한번은 김씨가 부인과 함께 산에 갔답니다. 김씨는 지팡이로 지름 4미터짜리 원을 부인 앞에 그렸습니다. "이 안에서 산삼을 찾아보라." 부인은 심마니는 아니지만 김씨가 간혹 캐오는 산삼을 본 지 십수 년째였습니다. "동그라미 안에서 잎을 하나씩 뒤집어보며 몇 차례나 찾았다. 그래도 안

보이더라. 도저히 못 찾겠다고 했더니 남편이 지팡이로 동그라미 안의 한 곳을 가리켰다. 그때 산삼이 눈에 '확' 들어왔다. 그때부터 산삼 잎이 눈에 들어오더라."

　가만히 듣다 보니 비단 심마니만의 이야기가 아닙니다. 각박한 삶을 살아가는 우리도 산삼을 찾습니다. '행복'이라는 산삼 말입니다. 그런데 우리는 모릅니다. 행복이 어떻게 생겼는지, 또 어디에 묻혔는지. 도통 알 수가 없습니다. 그저 '쿡, 쿡' 찔러 볼 뿐입니다. 이게 행복이겠지, 아니면 저게 행복일까. 한마디로 헬기에서 산에다 던진 500원짜리 동전을 찾는 심정입니다.
　행복 찾기. 그럼 영영 불가능할까요? 꼭 그렇진 않습니다. 행복도 캤던 장소에서 또 자라고, 캤던 장소에서 또 자라기 때문입니다. 산삼은 땅속에 숨어 있습니다. 눈에 보이지 않습니다. 대신 줄기와 잎이 땅 위에 올라와 있습니다. 그래서 삼을 캐는 일이 가능합니다. 행복도 마찬가지 아닐까요. 눈에 보이지도, 손에 잡히지도 않습니다. 대신 땅 위로 '쑤욱' 올라온 행복의 줄기, 행복의 잎이 있습니다. 그걸 잡고 쭉 내려가면 됩니다. 그 잎이 뭐냐고요? 우리가 일상에서 부딪히는 '온갖 문제'입니다.
　우리의 일상도 '지름 4미터짜리' 작은 동그라미입니다. 그 안에 행복의 줄기와 잎이 고개를 내밀고 있습니다. 우리는 빤히 보면서도 놓칩니다. '문제=불행'이지, '문제=행복'이라고 생각하진 않으니까요. 그래서 우리에게도 '심마니의 눈'이 필요합니다. 산삼의 잎, 행복의 잎을 볼 줄 아는 눈 말입니다.

문제와 답은 동전의 양면입니다. 문제 속에 늘 답이 있습니다. 문제를 풀기 시작할 때 우리는 조금씩 뿌리로 내려가게 됩니다. 그렇게 내려가다 뿌리를 찾으면 알게 되죠. 산삼의 잎과 산삼의 뿌리가 한 몸이구나! 일상의 문제와 일상의 행복도 한 몸이구나! 그럼 '산삼의 잎'이 눈에 들어오기 시작합니다. 일상에서 마주치는 숱한 골칫덩어리. 그걸 보며 이렇게 말하겠죠. "여기가 산삼밭이네. 심~봤~다~아!"

소.박.함.속.에.
'삶.의.맛'.이.있.습.니.다.

10년 전 독일 출장을 갔습니다. 자동차를 달려 숲 속의 옛 건물로 갔습니다. 동행한 교수는 "여기가 독일에서 제일 잘나가는 기업체인 BMW와 메르세데스 벤츠, IBM 등에서 세미나를 하러 오는 곳이다. 정말 고급스러운 곳이다"고 했습니다. 저는 기대에 부풀었습니다. '대체 얼마나 멋진 곳이길래 그렇게 쟁쟁한 기업들이 오는 걸까?'

스마트폰도 없던 시절이었죠. 방문을 열고서 저는 깜

짝 놀랐습니다. 숙소에는 TV도 없고, 전화도 없었습니다. 인터넷도 되지 않았습니다. 방 안에는 별다른 장식도 없었습니다. 그저 나무로 된 깔끔한 침대와 책상이 놓여 있었습니다. 그 위에 아주 작은 전등 하나가 달랑거렸을 뿐입니다. 어리둥절했습니다. 왜 여기가 '가장 고급스러운 곳'일까. 무엇 때문에 이곳을 특별하다고 하는 걸까.

이튿날이었습니다. 찬찬히 지난밤을 되짚어 봤습니다. '단조로운 방에서 내가 만난 건 무엇이었을까.' 그건 '소박함'이었습니다. 인터넷이 되지 않는 방, TV도 없고, 전화도 없는 방. 처음에는 '심심하고 무료한 방'이었습니다. 조금 지나자 저도 모르게 '생각하는 방, 명상하는 방'으로 바뀌더군요. 그제야 이유를 알았습니다. 정말 소박한 것과 정말 고급스러운 것. 둘은 그렇게 통했습니다. 저는 마치 고급스러움의 '새로운 버전'을 발견한 기분이었습니다.

❦   서울 은평구 삼각산에는 단아한 비구니 사찰 진관사가 있습니다. 주지 계호 스님은 '사찰 음식의 달인'입니다. 정갈한 반찬들은 달지도 않고, 짜지도 않고, 맵지도 않습니다. 그러면서 깊고 그윽한 맛을 냅니다. 스님은 "요리를 잘하는 사람일수록 양념을 적게 쓴다"고 하더군요. 이유를 물었더니

"그래야 재료에 담긴 본래 맛이 살아난다"고 했습니다. 음식에도 '소박함의 코드'가 있더군요.

그저께 프랑스 테제공동체에서 온 한국인 수사를 만났습니다. 신한열 수사도 '소박한 삶'에 대해서 말했습니다. "소박하다는 건 아무것도 없는 게 아니다. 꼭 필요한 것만 있는 거다. 소박함을 통해 우리는 전에 안 보이던 것들을 보게 된다." 그게 뭐냐고 물었더니 "창조의 아름다움, 창조의 신비"라고 답했습니다.

가장 필요한 것들은 다 공짜로 주어진다고, 우리가 햇살을 돈 주고 사지는 않는다고. "땅이나 건물이 있어야만 자연의 아름다움이 주어지는 건 아니다. 한강변의 억새를 봐라. 그냥 주어진다. 그걸 누리는 사람도 있고, 누리지 못하는 사람도 있다. 쫓기며 각박하게 살 때는 안 보인다. 우리가 소박해질 때 비로소 그게 눈에 들어온다."

소박한 숙소, 소박한 음식, 소박한 삶. 셋이 서로 통하더군요. 음식에는 식재료가 가진 본래의 맛이 있습니다. 너무 많은 양념과 너무 강한 조리법은 종종 그걸 덮어버립니다. 또 없애버립니다. 우리의 삶도 비슷하지 않을까요. 삶이라는 재료가 가진 '본래의 맛'이 있지 않을까요. 어쩌면 거기에 우리는 너무 많은 양념을 치고 있을지도 모릅니다. 이 대학, 저 직장, 이

만큼의 재산, 저만큼의 성공. 그 다음에는 자식의 대학, 자식의 직장, 자식의 재산, 자식의 성공. 온갖 양념을 뿌리다가 정작 삶이 가진 '본래의 맛'을 놓쳐버리고 있는 건 아닐까요.

도화지 위에 1000개의 점이 있습니다. 우리의 눈에는 점만 들어옵니다. 여백은 좀체 보이질 않습니다. 도화지 위에 한 개의 점이 있습니다. 점 못지않게 여백도 크게 보입니다. 삶이라는 도화지에 꼭 필요한 점들을 찍기. 삶의 여백을 누리는 노하우가 아닐까요. 노자는 『도덕경』에서 이렇게 말했습니다. "빈 공간이 있어서 방이 제 기능을 한다." 때로는 소박함이 고급스러움보다 더 고급스러운 이유입니다.

하.나.의.생.명.부.터.
지.켜.보.세.요.

20년 전이었습니다. 저는 영국인의 운전 매너에 깜짝 놀
랐습니다. 사람이 횡단보도 앞에만 서면 차들이 모두 멈
췄습니다. 횡단보도를 건너면서 차량 안의 운전자를 쳐
다봅니다. 눈이 마주치면 서로 빙긋이 웃습니다. 늘 운전
자와 보행자 사이에는 그런 교감이 흘렀습니다. 낮이든
밤이든, 사람이 있든 없든 그들은 신호를 지켰습니다. 속
으로 생각했습니다. '영국 신사라는 말이 빈말이 아니네.'
영국인 친구에게 그 이야기를 했습니다. "정말 부럽다.

어떻게 이렇게 교통법규를 잘 지키나. 영국인은 참 신사적이다." 그랬더니 친구가 답했습니다. "영국의 횡단보도에 얼마나 많은 카메라가 숨어 있는지 아느냐? 그런 신호를 어기다가 걸리면 범칙금이 얼마인지 아느냐?" 신사적인 운전 매너, 그 밑에 무서운 범칙금이 깔려 있더군요.

  며칠 전에 100주년기념교회 이재철 목사를 만났습니다. 대화를 나누다가 영국인의 운전 매너 이야기가 나왔습니다. 이 목사는 "그게 다가 아니다"고 말하더군요. 그는 스위스에 3년간 머문 적이 있습니다. "큰 도로에서 신호등이 빨간불인데 브레이크를 안 밟고 선을 넘어갔다. 신호가 완전히 바뀌기 전에 일찍 출발했다. 속도를 위반했다. 도처에 카메라가 깔려 있다. 그때마다 무시무시한 범칙금이 날아온다. 당시 제일 싼 범칙금이 20만원 정도였다. 제한 속도가 시속 40킬로미터인 주택가에서 시속 60킬로미터로 달리다 카메라에 찍힌 사람이 있었다. 그는 총 100만원을 내고 1개월 운전면허 정지를 당하더라."
  그 말을 듣고서 제가 말했습니다. "스위스도 교통범칙금이 센 나라군요." 이 목사는 손을 내저었습니다. 그게 아니라고 했습니다. "스위스 사람들은 그걸 살인 행위라고 본다. 주택가 골목에 아무도 없었다. 다른 차도 없고 보행자도 없었다. 그런데도 제한속도를 어기면 살인 행위라고 보더라."

고개가 갸우뚱해지더군요. 그건 지나치게 엄격한 '규제와 율법의 사회'가 아닐까. 이어지는 이 목사의 설명에 저는 얼굴이 빨개지고 말았습니다. "그들은 하나의 생명을 소중히 여기더라. 수백 명, 수천 명, 수만 명이 아니라 딱 한 사람 말이다. 그 하나의 생명을 전부처럼 여기더라."

오랫동안 풀리지 않는 수수께끼였습니다. 영화 〈라이언 일병 구하기〉 말입니다. 적지에 있는 일병 하나 구하려고 많은 군인이 투입되고, 그들 중 많은 이가 죽었습니다. 아무리 손가락을 꼽으며 더하기·빼기를 해봐도 답이 안 나왔습니다. '하나 구하려고 여럿이 죽었는데, 그게 뭐야? 결국 손해잖아.' 그게 저의 셈법이었습니다. 아니, 우리 대한민국의 셈법일 겁니다.

생각해 봅니다. 만약 30만원, 50만원, 100만원짜리 주차위반 스티커를 받으면 기분이 어떨까. 속이 뒤집어질 겁니다. 5만원짜리 스티커가 날아와도 마음이 그렇게 쓰린데 말입니다. 그럼에도 불구하고 스위스인과 영국인, 또 다른 유럽 사람들은 그걸 받아들였습니다. 왜 그랬을까요.

거기에는 '하나의 생명'을 지키자는 공감대가 있는 겁니다. 그 '하나의 생명'이 뭐냐고요? 바로 나의 목숨이자 당신의 목숨입니다. 내 자식의 생명, 가족의 생명, 이웃의 생명, 모두의 생명입니다. 그걸 지키기 위해, 그걸 존중하기 위해, 그걸 살리기 위해 30만원짜리, 50만원짜리 스티커를 받아들인 겁니다. 그들은 아무도 없는 주택가 골목에서 시속 60킬로미터로 달린 차를 '살인 행위'라고 봤으니까요.

이 목사를 만나고 돌아오는 길에 자문했습니다. '좁쌀 하나에 수미산이 들어간다. 단 하나의 생명을 지킬 때 비로소 모든 생명이 지켜진다. 국가는 그럴 때 개조된다.' 나도 몰랐던 나의 살인 행위. 그걸 고치기 위해 우리는 얼마짜리 스티커를 받아들일 수 있을까요.

예.수.는.
내.안.에.
있.습.니.다.

시끌시끌했습니다. 2012년 하버드대 캐런 킹 교수가 '예수의 아내'를 언급한 고대 파피루스 문서를 공개했습니다. 진짜냐, 가짜냐를 놓고 논란이 거셌습니다. 하버드대와 MIT 교수 등이 분석 작업을 했습니다. 2014년에 결과가 나왔습니다. "파피루스는 고대에 작성된 게 맞다. 4~8세기에 사용된 파피루스·잉크와 일치한다." 이를 발표한 과학자들은 "그렇다고 이 문서가 역사적 예수에게 아내가 있었다는 증거는 아니다"라고 덧붙였습니다. 고대 이집트 콥트어로 된 명함 크기의 이 문서에는 '예수가 말했다. 나의 아내…그녀는 내 제자가 될 자격이 있다'고 기록돼 있습니다.

🌱   이집트 나그함마디에서 69년 전에 '도마복음'이 발견됐습니다. 이 문서는 예수의 말을 빌려 '아버지의 나라는 하늘에 있지 않다. 그럼 공중을 나는 새가 먼저 닿을 것이다. 바다에도 있지 않다. 그럼 물속의 물고기가 먼저 닿을 것이다. 아버지 나라는 네 안에 있고, 네 밖에 있다'고 말합니다. 천국이 하늘에 있다고 믿는 이들에게는 엄청난 파격입니다. 사실 적지 않은 그리스도교인이 '도마복음'을 불편하게 여깁니다. '이단의 문서'로 못박기도 합니다. 반면 어떤 영성가들은 '도마복음'에 담긴 영적인 깊이와 울림을 아주 높이 평가합니다.

🌱   2006년 영화 〈다빈치 코드〉의 개봉에 맞춰 '유다복음'이 공개됐습니다. 1970년 이집트의 골동품 시장에서 발견된 파피루스 문서를 내셔널지오그래픽이 번역해 공개했습니다. 예수와 유다가 주고받은 대화입니다. 파장은 컸습니다. 유다의 배신이 '예수에 의해 계획된 배신'이라는 내용이 담겼습니다. 소설을 영화화한 〈다빈치 코드〉에 대한 논란도 컸

습니다. 예수에게 아내가 있었고, 자식도 있었다는 가설을 쫓아가는 내용이니까요.

간혹 터져나오는 '불편한 복음서'는 늘 이슈입니다. 어떤 사람은 '사탄의 음모' '이단의 모략'이라며 분개합니다. 또 어떤 이들은 '세계적인 수퍼스타 예수의 스캔들'이란 가십거리로 읽습니다.

여러분은 어느 쪽인가요. 만약 화가 났다면 왜 그랬을까요. 또 눈길이 팍 꽂힐 만큼 재미가 있었다면 왜 그랬을까요. 가만히 짚어봅니다. 그건 우리가 '예수의 겉모습'에 너무 집착하기 때문이 아닐까요. 〈다빈치 코드〉에선 예수의 아내, 예수의 자식, 예수의 후손을 쫓아서 달려갑니다. 예수의 핏줄을 찾으려고 무진장 애를 씁니다. 저는 참 궁금합니다. 설사 그걸 찾는다 해도 무엇이 달라지는 걸까요.

어디 따져볼까요. 예수는 이렇게 말했습니다. "내가 너희 안에 거하듯, 너희가 내 안에 거하라." 오직 이걸 위해 그리스도교가 존재합니다. 왜냐고요? 그걸 통해 나와 그리스도가 하나가 되기 때문입니다. 그럼 예수가 말한 '내 안'은 어디일까요. '총각 예수'의 내 안일까요, 아니면 '유부남 예수'의 내 안일까요. 둘 다 아닙니다. 총각이냐, 유부남이냐는 '예수의 겉모습'

에 불과하기 때문입니다.

"너희가 내 안에 거하라." 우리가 거할 곳은 예수의 껍데기가 아니라 예수의 본질입니다. 그 본질이 뭐냐고요? 하느님(하나님)의 속성입니다. 첫 인간인 아담을 빚을 때 본떴다는 '하느님의 형상(Image of God)'이 바로 하느님의 속성을 의미합니다. 그러니 예수의 후손을 찾아 세상을 뒤지고 다닌다는 〈다빈치 코드〉의 설정이 우스울 뿐입니다. 왜냐고요? 여러분과 제가 바로 신의 속성을 공유했던 아담의 후손이기 때문입니다.

결국 내 안에 있습니다. 선악과 이후의 아담도, 선악과 이전의 아담도 말입니다. 우리는 예수의 십자가를 통해 선악과 이전의 아담을 회복할 뿐입니다. 예수의 아내, 만약 있었다면 당신이 거할 곳이 달라지나요.

중.도.의.눈,.
중.도.의.가.슴.을.
가.지.세.요.

원래는 하나의 열매였습니다. 선의 열매도 아니고, 악의
열매도 아니었습니다. 그냥 한 덩어리였을 뿐입니다. 에
덴동산에서 아담과 이브가 따먹었다는 선악과善惡果 말
입니다. 선악과는 영어로 'the tree of the knowledge
of good and evil(선과 악에 대한 분별의 나무)'입니다. 선
악과를 따먹기 전에 에덴동산은 낙원이었습니다. 왜 그
럴까요? 싸울 일이 없기 때문입니다. 싸움은 늘 이쪽과
저쪽으로 편을 가를 때 생기는 거니까요. 좋은 것, 나쁜

것을 따지지 않으니 싸움도 없는 겁니다.

그러다 한 입 베어 먹었습니다. 동화 속에 나오는 백설공주처럼 말입니다. 절대 먹어선 안 된다는 선악과를 먹고서 인간은 달라집니다. 이제 마구 쪼개기 시작합니다. 선과 악, 내 편과 네 편, 좋은 일과 나쁜 일을 말입니다. 쪼개지 않으면 직성이 풀리지 않습니다. 그 이분법의 프리즘 속으로 깊이 잠이 드는 겁니다. 마녀의 사과를 먹은 백설공주처럼 말입니다.

어쩌면 우리도 그런 사과를 크게 한 입 베어 먹은 게 아닐까요. 지구촌이 미국 진영과 소련 진영으로 양분되던 시절에 말입니다. 둘은 한반도에서 충돌했고, 우리에게 깊은 상처를 남겼습니다. 한 민족, 한 국가로 살아왔던 우리에게 한국전쟁은 일종의 선악과였습니다. 그걸 먹은 뒤부터 더 거세게 쪼개기 시작했으니까요. 남과 북으로 쪼개고, 다시 좌익과 우익으로 쪼갰습니다. 싸움은 지독했고, 남은 상처는 더 지독합니다.

종종 격렬하게 전개되는 역사 교과서 논쟁도 같은 맥락입니다. 좌파는 '민족'을 주어로, 우파는 '국가'를 주어로 역사를 바라봅니다. 둘 사이에는 공통분모가 보이질 않습니다. 모든 사건과 쟁점을 좌우의 프리즘을 통해서만 보니까요. 역사만 그런 게 아닙니다. 정치적 진영과 노사 갈등, 환경 문제 등 대부분의 사회문제에서 둘은 충돌합니다. 그걸 보면 '인간은 선악과의 후예'라는 말이 실감납니다. 끊임없이 선과 악의 프리즘이 충돌하니까요.

예수는 왜 이 세상에 왔을까요. 그 둘을 봉합하기 위해서입니다. 선과善果와 악과惡果로 찢어진 열매를 다시 한 덩어리로 되돌리기 위해서 말입니다. 인간이 따먹기 이전의 '선악과'로 돌아가는 겁니다. 예수는 말했습니다. "나는 가장 높은 자요, 가장 낮은 자다." "나는 알파(시작)요, 오메가(끝)다."

이걸 우리가 먹은 선악과에 대입하면 어떻게 될까요. "나는 좌파요, 우파다." "나는 보수이자 진보다." 사람들은 고개를 갸우뚱합니다. 좌파면 좌파, 우파면 우파지 어떻게 좌파이면서 우파인 게 가능한가. 보수면 보수, 진보면 진보지 어떻게 보수이자 진보가 될 수 있나. 가장 높은 자는 가장 높은 자일 뿐이다. 어떻게 가장 낮은 자도 될 수 있나. 그건 회색주의가 아닌가.

예수가 말장난을 한 걸까요. 아닙니다. 그럼 어떻게 그게 가능할까요. '나'에 대한 울타리의 크기가 다른 겁니다. 좌파에게는 좌파만 '나'입니다. 우파에겐 우파만 '나'입니다. 그러나 예수에겐 좌파도 우파도 '나'의 울타리 안에 있습니다. 그래서 예수의 나는 '거대한 우리'가 됩니다.

그럼 눈이 달라집니다. '무엇이 좌파에게 좋은가'가 아니라

'무엇이 우리 모두에게 좋은가'로 바뀝니다. 우파도 마찬가지 입니다. 우파의 이익이 아니라 우리 모두의 이익을 우선시합니다. 그럴 때 좌파는 우파를 품고, 우파는 좌파를 품게 됩니다. 그게 거대한 중도中道의 가슴입니다.

그렇게 중도의 눈, 중도의 가슴을 가질 때 쪼개졌던 선악과가 봉합됩니다. 예수는 말했습니다. "진리가 너희를 자유롭게 하리라." 진리는 늘 쪼개진 걸 봉합합니다. 제게는 이렇게 들립니다. "그럴 때 이념이 너희를 자유롭게 하리라."

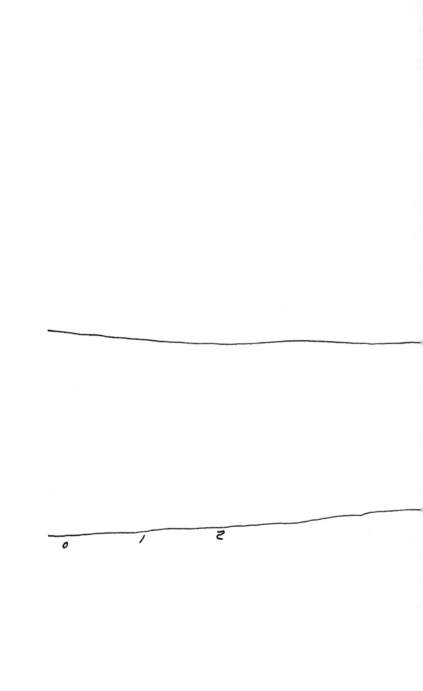

0   1   2

'나.의.눈'.으.로.만.
세.상.을.보.지.마.세.요.

예수의 조국은 로마의 식민지였습니다. 로마의 풍습 때
문에 유대인들은 자신의 종교가 타락한다고 봤습니다.
반反로마 정서가 팽배했습니다. 예수의 고향 나사렛에서
멀지 않은 갈릴리 지역은 더했습니다. 로마에 대항하는
무장세력 열심당熱心黨의 온상이었으니까요.
　유대의 땅은 페르시아, 그리스, 이집트, 시리아, 로마
등 500년 넘게 외국의 지배를 받았습니다. 그 속에서 유
대인은 줄기차게 메시아(구세주)를 기다렸습니다. 식민

지배에서 자신들을 해방시켜 주리라 믿었기 때문입니다.

예수가 활동할 때도 그랬습니다. 많은 유대인이 그를 따랐습니다. 상당수가 예수에게 '반로마 저항운동의 지도자'가 돼주길 기대했습니다. 예수는 고개를 저었습니다. 대신 그는 광야로 갔습니다. 그곳에서 금식과 묵상을 통해 '나(에고)와의 싸움'을 벌였습니다. 예수는 자신을 먼저 허물고, 하늘의 소리를 전했습니다.

계속 논란입니다. 사제단은 정치적 발언을 해도 되나, 해선 안 되나. 김수환 추기경은 군사정부 시절에 민주화 발언으로 돌직구를 날리기도 했습니다. 저는 사제가 인간과 세상에 대해 성역 없이 발언할 수 있다고 봅니다. 때로는 그게 현실 정치의 영역일 수도 있습니다. 누가 그걸 막을 수 있을까요. 또 여기까지는 정치가 맞다, 여기서부터는 정치가 아니라고 누가 단정할 수 있을까요. 프란치스코 교황은 "성직자가 행하는 모든 행위는 정치적인 행위"라고 말했습니다.

그런데 참 이상합니다. 자꾸만 "사제단이 정치에 대해서 발언할 수 있느냐, 없느냐?"만 논란의 쟁점이 됩니다. 사제단은 인간의 삶과 세상에 대해서 발언할 수 있습니다. 그건 대한민국 구성원으로서 갖는 그들의 권리이기도 합니다. 그러니 '정의구현사제단이 정치적 발언을 할 수 있는가'는 처음부터 논란의 대상이 아닙니다.

그럼 도마 위에 올라야 할 쟁점은 뭘까요. 그건 '사제단이 누구의 관점에서 발언하느냐'입니다. 정치적 발언을 할 때 사람들은 저마다 눈이 있습니다. 학생은 학생의 눈, 주부는 주부의 눈이 있습니다. 좌파는 진보적 관점, 우파는 보수적 관점에서 합니다. 그럼 사제들은 어떡해야 할까요. 사제단의 이름으로 정치적 목소리를 낼 때 우리 사회가 기대하는 그들의 관점은 대체 뭘까요.

그건 야당의 눈도, 여당의 눈도 아닙니다. 좌파의 관점도, 보수의 관점도 아닙니다. 저는 그게 '예수의 관점'이라고 봅니다. 상·하·좌·우 어느 진영에도 물들지 않은 채 우리 사회를 바라보는 눈 말입니다. 그래야 정확한 진단과 처방이 나오니까요. 김수환 추기경은 그 눈을 좇았습니다. 그래서 다들 고개를 끄덕였습니다. 진보든, 보수든 그의 장례 미사 때 눈물을 흘렸습니다.

궁금합니다. 정의구현사제단이 구현하고자 하는 건 과연 뭘까. 단체명에 명시돼 있습니다. 사제단이 구현하려는 건 '정의正義'입니다. 정의에는 두 가지가 있습니다. 하나는 '나의 눈'으로 본 정의이고, 또 하나는 '예수의 눈'으로 본 정의입니다. 그들은 과연 누구의 눈으로 본 정의를 좇는 걸까요.

종교에는 예언자적 기능이 있습니다. 1970~80년대 군사정부 시절, 세상은 침묵했습니다. 김수환 추기경은 그걸 뚫고 민주화 목소리를 냈습니다. 침묵을 깨기 전 추기경은 광야에 홀로 섰을 겁니다. 거기서 '나의 눈'을 허물었던 겁니다. 프란치스코 교황의 서민적이고 파격적인 행보에 사람들은 고개를 끄덕입니다. 왜일까요. 진보냐, 보수냐의 문제가 아닙니다. 사람들은 거기서 '추기경의 눈' '교황의 눈'이 아니라 '예수의 눈'을 보기 때문입니다.

십자가에 매달리기 전날 밤, 예수는 겟세마네에 있었습니다. 그는 바위에 엎드려 기도했습니다. "가능하면 이 잔이 저를 비켜가게 하소서. 그러나 제 뜻대로 마시고 아버지 뜻대로 하소서." 마지막 순간까지도 예수는 '나의 뜻'을 허물었습니다.

정의구현사제단의 정치적 발언을 찬찬히 짚어봅니다. 거기에는 너와 나를 나누는 전장戰場은 보입니다. 그러나 자신을 허무는 광야는 보이질 않습니다. 진영 논리의 강고한 스펙트럼이 보입니다. 그게 에고인지, 신념인지, 고집인지, 아니면 이념인지 모르겠습니다. 한 가지 확실한 건 그게 '예수'를 가린다는 겁니다. '사제의 눈' 때문에 '예수의 눈'이 보이지 않습니다.

사제가 되기 위한 수품식 때 그들은 팔과 다리를 뻗어 땅바닥에 엎드립니다. 자신을 허물라는 뜻입니다. 그걸 통해 예수를 만나라는 겁니다. 그것이 진정 낮은 세상이니까요. 예수에겐 창틀이 없습니다. 좌파의 창틀도, 우파의 창틀도 없습니다. 나를 허물 때 나의 창틀도 함께 무너지기 때문입니다. 예수는 창틀이 무너진 세상을 맨눈으로 봤습니다. 그게 '예수의 눈'입니다. 세상이 목말라하고, 세상이 기대하는 정의구현사제단의 눈입니다.

1970~80년대 정의구현사제단은 박수를 받았지만, 이제 많은 이가 고개를 돌립니다. 뼈아프게 되물어야 합니다. '정의구현사제단은 무엇을 구현하고 있는가. 예수의 눈인가, 아니면 나의 눈인가.' 예수의 제자 중 '나의 눈'으로 세상을 보려 했던 이가 있었습니다. 열심당원인 가룟 유다. 그는 결국 예수를 팔아넘겼습니다. 어쩌면 정의구현사제단이 그 갈림길에 서 있는 건 아닐까요.

이.념.을.통.해.
세.상.을.보.세.요.

2010년 로마의 바티칸 교황청에서 베네
딕토 16세 교황을 만났습니다. 한국의 각 종교 지도자들
이 교황을 만나는 자리였습니다. 일렬로 줄을 서 교황에
게 인사를 한 뒤 악수를 했습니다. 일행 중 천주교인은
무릎을 꿇고 고개를 숙인 채 교황의 손에 입을 맞추었습
니다. 교황은 말이 없었습니다.

다 같이 앉아서 기념촬영도 했습니다. 교황은 말이 없
었습니다. '그래도 짧고 핵심적인 메시지 한마디는 하시

겠지'. 촬영이 끝나자 교황은 천천히 좌우를 둘러봤습니다. 그리고 한마디 했습니다. "굿바이!" 좌우에 선 추기경들이 교황을 모시고 밖으로 나갔습니다. 한국의 종교 지도자들은 서로 얼굴만 쳐다봤습니다. 연로한 데다 빡빡한 일정, 짐작은 갔습니다. 그래도 한마디는 할 줄 알았습니다. 예수의 메시지가 담긴 딱 한마디. 저는 그걸 기다렸습니다. 교황은 딱 한 마디만 했습니다. 그건 바로 "굿바이." 참 허탈하더군요.

🌸   베네딕토 16세에 이어 새 교황이 선출됐습니다. 아르헨티나의 호르헤 마리오 베르고글리오 추기경. 그가 택한 교황명은 프란치스코. 지향을 단적으로 보여줍니다. 권력과 세속적 욕망으로 교회가 타락했던 중세에 프란치스코(1182~1226) 성인은 청빈과 수도를 통해 "예수로 돌아가자"고 외쳤습니다. 새 교황은 그런 성인의 이름을 자신의 교황명으로 택했습니다.

프란치스코 교황은 인터뷰에서 당혹스러운 질문을 받은 적이 있습니다. "동성애자가 선한 의지를 가지고 교회를 찾는다면 어떡하겠습니까?" 추기경 시절, 그는 아르헨티나에서 낙태와 동성애자의 결혼 합법화에 분명하게 반대했습니다. 교황은 당황하지 않고 답했습니다. "내가 누구길래 그들을 심판할 수 있겠습니까?" 프란치스코 교황은 동성애 결혼 합법화에는 반대하지만, 인간에 대한 심판은 하지 않았습니다.

저는 거기서 '교황의 한마디'를 들었습니다. 교황청에서 듣지 못했던 교황의 딱 한마디. 그게 뭐냐고요? "내가 누구길래"입니다. 그 한마디를 통해서 자아를 부정하며 그리스도를 향해 나아가려는 그의 걸음걸이를 봤습니다.

🌸   프란치스코 교황은 탱고를 좋아합니다. 탱고의 역사, 탱고 가수의 이름도 줄줄이 꿰ㅂ니다. 그만큼 서민적입니다. 대주교 때는 멋진 관저에 머물지 않고, 시내 주교관 2층의 작은 아파트를 숙소로 썼습니다. 추기경 때는 시내버스나 지하철을 타고 다녔습니다. 평범한 검정 사제복 차림으로 신문도 보고, 옆자리의 시민과 대화도 나누었습니다. 사람들이 "각하(His Exellency)"라고 부르면 손을 내저으며 "그냥 호르헤 신부로 불러달라"고 했습니다. 그 소문이 부에노스 아이레스에 쫙 퍼졌습니다. 저는 여기서도 "내가 누구길래"를 봅니다.

🌸   아르헨티나는 가슴 아픈 현대사를 안고 있습니다. 군사독재 정권 때 수만 명이 살해당했고, 경제위기 때는 중산층이 처참하게 몰락했습니다. 빈곤층의 고통은 더 참담했습

115

니다. 그는 이걸 적나라하게 지켜봤습니다. 교황은 취임 후에 "자본주의 시스템의 대안을 모색해야 한다"고 지적했습니다. 그게 이념의 눈일까요, 아니면 인류애의 눈일까요.

이를 두고 일각에서 "프란치스코 교황은 좌파"라고 단정했습니다. 그들은 그걸 통해 교황을 자신들의 진영으로 끌어들이려 하더군요. 역으로 보수 측에선 "교황은 마르크스주의자"라고 공격했습니다. 교황은 좌파가 아닙니다. 물론 우파도 아닙니다. 마르크시즘이 녹아든 해방신학의 폭풍이 남미를 휩쓸때도 그는 분명하게 선을 그었습니다. 그의 기준은 이념이 아니라 예수입니다. 거기서 좌우를 뛰어넘는 혜안의 가능성을 봅니다. 그에게 이념은 에고의 또 다른 이름에 불과할 겁니다. 왜냐고요? 좌파는 결코 "내가 누구길래"라고 말하지 않으니까요. 이념을 통해서 세상을 보는 이들은 "내가 누구길래"라고 말하지 않습니다.

세.상.의.
기.준.을.
파.괴.하.세.요.

스님들이 싸웁니다. 새끼 고양이 때문입니다. 두 패로 나누어 시끌벅적합니다. 보다 못한 남전(당나라 때 선승) 선사가 나섰습니다. 문제의 고양이를 들고 말했습니다. "눈 밝게 말하면 살릴 것이고, 눈 밝지 못하게 말하면 참할 것이다." 좌중은 침묵했습니다. 아무도 답을 못했습니다. 남전 선사는 고양이를 베어버렸습니다.

뒤늦게 제자인 조주趙州 스님이 들어왔습니다. 이 이야기를 듣더니 신고 있던 신발을 벗어 자신의 머리에 얹었습니다. 그리고 나가버렸습니다. 남전 선사의 한마디가 또 재미있습니다. "그때 네가 있었다면 새끼 고양이를 구했겠다."

스님들이 왜 싸웠느냐고요? 그건 기록에 없습니다. 이유는 모르지만 고양이를 놓고 동과 서로 갈라졌습니다. 요즘 우리 사회에 빗대면 좌와 우로 쪼개진 겁니다. 스님들은 논쟁을 했습니다. 소통의 가능성은 보이지 않았습니다. 급기야 남전 선사가 초읽기에 들어갔습니다. "동과 서, 좌와 우로 쪼개진 너희의 한계를 봐라. 그걸 뛰어넘는 한마디를 못하면 고양이를 베어버리겠다."

스님들은 똥줄이 탔을 겁니다. '얼른 대답을 해야 고양이를 구할 텐데.' 결국 아무도 대답을 못했습니다. 왜 그랬을까요. 다들 갇혀 있었기 때문입니다. 동의 스펙트럼, 서의 스펙트럼에 갇혀서 꼼짝달싹 못했던 겁니다. 남전 선사는 가차 없이 고양이를 베어버렸습니다.

죄 없는 고양이만 불쌍하네. 맞습니다. 고양이만 불쌍하죠. 저는 궁금합니다. 지금 대한민국에서 그 고양이는 대체 뭘까. 찍소리 한 번 못하고 두 동강 나버린 그 불쌍한 고양이는 과연 뭘까. 그건 바로 우리의 현실, 우리의 사회, 우리의 공동체가 아닐까요. 남전 선사는 좌와 우, 아래와 위, 안과 밖으로 쪼개져 싸우면 결국 우리의 고양이가 죽고 만다는 법문을 몸서리

치도록 실감나게 설했던 겁니다.

　여기서 그치지 않습니다. 남전 선사는 그 해법까지 묻습니다. 고양이를 살리려면 어떡해야 하나. 대체 어떡해야 우리 사회를 살릴 수 있나. 조주 스님이 거기에 답을 합니다. 신고 있던 신발을 홀러덩 벗어서 '툭!' 하고 머리 위에 얹었습니다. 신발이 무슨 모자인가요. 참 엉뚱합니다. 그게 무슨 뜻일까요.

🌱　　　솔로몬 왕 때입니다. 두 여인이 아이를 두고 싸웠습니다. 서로 자기 아이라고 주장했습니다. 재판을 했습니다. 솔로몬 왕은 아이를 둘로 쪼개라고 했습니다. 결국 한 여인이 "아이를 죽일 수는 없다. 이 아이는 내 아이가 아니다"라고 포기했습니다. 그가 아이의 진짜 엄마였습니다.

　첫 번째 이야기에선 고양이가 죽습니다. 두 번째 이야기에선 아이가 살아납니다. 어째서 한쪽은 죽고, 한쪽은 살까요. 한국 사회는 가슴 아픈 현대사로 인해 좌우 진영의 대립이 심각합니다. 진영 싸움 탓에 많은 시간을 낭비했습니다. 그걸 넘어서는 길이 뭘까요. 두 번째 이야기의 여인이 그 단초를 보여줍니다. 여인도 처음에는 좌우, 한쪽에 섰습니다. 거기서 아이를 잡아당겼습니다. 그러다 깨닫습니다. 이러다간 아이가 죽겠구나. 그래서 " 내 아이가 아니다"라고 선언합니다.

그 순간, 여인은 어느 쪽에 선 걸까요. 좌도 아니고, 우도 아닙니다. 아래도 아니고, 위도 아닙니다. 여인은 동서남북의 어느 편이 아닌 아이의 편에 선 겁니다. 그럼 아이가 살아납니다. 머리는 위고 신발은 아래입니다. 조주 스님의 신발이 머리에 툭 얹힐 때, 아래위를 나누던 기준이 와르르 무너져 내립니다. 좌와 우를 나누는 잣대도 마찬가지입니다. 그렇게 무너질 줄 알아야 합니다. 고양이를 찢는 기준이 무너질 때 비로소 고양이가 살아납니다. 나의 주장, 나의 기준, 나의 이념보다 고양이의 목숨, 아이의 목숨, 우리 사회 공동체의 목숨이 더 소중하게 느껴질 때 말입니다. 그럴 때 고양이가 살아납니다.

여러분 들리세요?
지금 우리의 고양이가 울고 있습니다.

'묶.는.사.랑'.이.아.닌.
'푸.는.사.랑'.을.
하.십.시.오.

메일이 한 통 왔습니다. 다산연구소 박석무 이사장이 보냈습니다. 그는 정약용 연구의 대가입니다. 글 제목이 '네 살의 아들이 죽어도 그렇게 슬펐는데'입니다. '우리 농아가 죽었다니 비참하구나! 가련한 아이…'로 시작하는 다산의 편지가 글 중간중간에 끼여 있었습니다. 두 아들에게 보낸 편지에서 다산은 '너희 아래로 무려 사내 네 명과 계집아이 하나를 잃었다. 그중 하나는 낳은 지 열흘 남짓한 때 죽어서 그 얼굴조차 기억 못하겠고, 나머지 네 아이

121

는 세 살 때여서 한참 재롱을 피우다 죽었다'고 썼습니다.

　천리 길 귀양지에서 자식이 죽었다는 소식을 접한 다산은 피를 토하는 슬픔을 이렇게 적었습니다. '생사고락의 이치를 조금은 깨달았다는 나의 애달픔이 이러할진대 하물며 아이를 품속에서 꺼내어 흙구덩이 속에 집어넣어야 했던 네 어머니의 슬픔이야 어찌 헤아리랴!' 메일 말미에서 박 이사장은 이렇게 묻더군요. '질병으로 죽어간 어린 아들의 죽음에도 다산은 그렇게 슬퍼했거늘, 다 키운 자식들이 한순간에 없어져 버린 부모들의 심정, 도대체 어떤 방법으로 누가 그들을 위로해줄 수 있을까요.'

　눈을 감습니다. 다산의 아내가, 죽은 자식을 품에서 꺼낼 때의 심정이 어떠할까. 그 자식을 구덩이에 눕힐 때의 마음이 또 어떠할까. 그걸 바라보는 어머니의 눈에서, 가슴에서, 심장에서 눈물이 강물처럼 흘러내렸겠지요. 그 강물이 겨울이 온다고, 세월이 흐른다고 쉬이 멈출까요.

　다산을 읽다가 세월호가 떠오릅니다. 다 키운 자식들. 그들을 차가운 바다에서 꺼내고, 다시 가슴에 묻어야 하는 부모들. 혹여 살아서 돌아올까. 그 슬픔과 아픔을 어떻게 헤아릴 수 있을까요. 저희가 할 수 있는 일은 그저 울고, 분노하고, 가슴을 치는 일뿐이네요. '생사고락의 이치를 조금은 깨달았다'는 다산도 그토록 아파했습니다. 그러니 갑남을녀로 살아가는 이들의 고통은 오죽하겠습니까.

그 와중에 지인에게서 카톡 메시지가 한 통 날아왔습니다. 세월호 참사로 K학생이 실종된 시기에 아버지가 쓴 짧은 글이었습니다. 아버지는 어느 교회의 장로입니다. 글의 제목은 '그리 아니하실지라도…'였습니다. 누구에게 쓴 글이냐고요? 신을 향해 쓴 글이었습니다.

'요나가 물고기 뱃속에서/하나님의 계획을 깨닫고/회개하고 나온 것처럼/돌아와도 감사하고~/그리 아니하실지라도/OO이가 하나님의 자녀로서/구원받은 것에 감사합니다.'

가슴이 '찡'합니다. 그건 편지가 아니라 기도였습니다. 돌아와도 감사하고, 그리 아니하실지라도 감사하다는. 어떻게 이런 기도가 가능할까요. 자식의 실종, 혹은 자식의 죽음 앞에서 아버지는 '감사합니다'라고 썼습니다. 다시 눈을 감습니다. 어떻게 그게 가능한가. 마태복음의 한 구절이 떠오릅니다. "땅에서 매면 하늘에서도 매일 것이고, 땅에서 풀면 하늘에서도 풀릴 것이다." 그게 베드로가 가진 천국의 열쇠입니다.

그제야 아주 조금 이해가 갑니다. 아버지가 먼저 풀었더군요. 피를 토하는 슬픔을 손수 풀고자 했더군요. 왜일까요. 땅에서 풀어야 하늘에서도 풀리니까. 그렇게 아들을 풀어주고자 한 겁니다. 부모의 가슴에 꾹꾹 묻지 않고, 자유롭게 가라고. 정말이지, 그건 정말이지 큰 사랑이더군요. 자식을 향해 줄 수 있는 아버지의 정말 큰 마음이었습니다.

비단 기독교인만 그럴까요. 인간이라면 다 똑같지 않을까요. 내가 매면 자식도 매이고, 내가 풀면 자식도 풀립니다. 아버지는 먼저 풀고자 했습니다. 그리고 기도했습니다. "감사합니다, 그리 아니하실지라도 감사합니다." 자식에게 건네는 아버지의 마지막 선물. 그건 '묶는 사랑'이 아니라 '푸는 사랑'이었습니다. 거기서 치유의 눈물이 흐릅니다.

시.행.착.오.는.
곧.기.쁨.입.니.다.

"아빠, 정말 무서워."

두 발 자전거는 처음입니다. 둘째 아이는 열 살. 그동안 네 발 자전거를 탔습니다. 매사에 조심성이 많은 편입니다. 지난 주말, 양재천으로 갔습니다. 다리 밑 공터에서 아이는 두 발 자전거에 올랐습니다. 아내와 저는 "짧으면 일주일, 길면 한 달쯤" 예상했습니다. 혼자서 페달을 밟을 때까지 말입니다.

조마조마합니다. 뒤에서 자전거 안장을 잡아줘도 계

속 넘어집니다. 페달은 두 바퀴를 넘지 못합니다. 두 발짝 가다가 기우뚱하고, 세 발짝 가다가 넘어집니다. 아내는 속이 탑니다. '저러다 무릎이라도 까지면 어떡하나.' 한참 씨름하다가 아이가 말하더군요. "엄마, 내가 알아서 할게!" 페달에 두 발도 못 올리면서 혼자 하겠답니다.

아내와 저. 멀뚱멀뚱 서로 얼굴을 쳐다봅니다. 멀찌감치 떨어져 벤치에 앉습니다. 아이는 혼자서 낑낑댑니다. 핸들도 꺾어보고, 페달을 손으로도 돌려보고, 브레이크도 잡아보고, 이리저리 시도하며 고군분투합니다. 쿵! 자전거가 넘어져도 그냥 둡니다. 아이는 혼자서 일어나 다시 안장에 앉습니다. 멀리서 쳐다봐도 빤히 보입니다. 나름대로 감을 잡으려고, 방법을 찾으려고 안간힘을 쓰더군요.

아내와 저는 한참 다른 이야기를 합니다. 갑자기 아이가 소리칩니다. "엄마, 이것 좀 봐!" 보니까 자전거를 타고 10미터가량 굴러갑니다. 넘어지려는 자전거를 후다닥 세우고서 저희를 쳐다봅니다. 아이의 표정이 대신 말합니다. '봤지? 나 혼자서 해냈어!' 저희 생각보다 훨씬 빨리 타더군요.

그날 밤, 아내가 말했습니다. "부모가 아이들을 위해 뭘 해야 할지 오늘 조금 배운 것 같아." 그게 뭘까요. '아이가 혼자 하게끔 맡겨 두고 기다려 주기'라고 합니다. "오늘 뒤에서 계속 잔

소리하며 안장을 잡아줬으면 어땠을까. 아이가 혼자 힘으로 자전거를 조목조목 따져보는 과정은 없지 않았을까. 오히려 자전거를 더 늦게 배우지 않았을까."

사실 말처럼 쉽진 않습니다. 어린 자식에게 맡겨놓고 기다리는 일 말입니다. 왜냐고요? 불 보듯 뻔하니까요. 자전거가 넘어지고, 무릎이 까지고, 멍이 들 테니까요. 대부분 부모는 그걸 보며 가슴 아파합니다. 그래서 그 과정을 생략하려 합니다. 훌쩍 건너뛰려 합니다. 아이가 치러야 할 고통과 시행착오를 빼려고 합니다.

그 못지않은 이유가 또 하나 이유가 있습니다. 부모의 속이 타들어 가기 때문입니다. 어른 눈에는 답이 빤히 보이는데, 아이는 계속 맴돕니다. 부모는 그걸 참지 못합니다. 기다리다 못해 "답이 여기 있으니, 이 답대로 하라!"고 끼어듭니다. 그게 부모의 역할이라고 생각합니다.

어쩌면 큰 착각 아닐까요. 우리 삶에는 '네 발 자전거'에서 '두 발 자전거'로 옮겨 타야 할 때가 종종 있습니다. 그때마다 아이는 나름의 시행착오와 고통을 감수해야 합니다. 그건 아이에게 큰 기회입니다. 왜냐고요? 고통과 시행착오. 아이는 그걸 통해 스스로 배우기 때문입니다. 그걸 통해 스스로 성장하는 겁니다. 그걸 풀면서 인생을 푸는 법을 배우니까요. 많은 부모가 아이에게서 그런 기회를 앗아갑니다. 아이를 위한다며, 부모의 마음이 아프다며 말입니다.

가만히 짚어보세요. 자전거를 배우다가 넘어지는 아이. 부모는 그걸 어떤 풍경으로 봐야 할까요. '아픔의 풍경'으로 봐야 할까요, 아니면 '기쁨의 풍경'으로 봐야 할까요. 여기에 달렸습니다. 아이의 시행착오와 나름의 고통. 그걸 '아픔'으로만 보는 부모는 기다리지 못합니다. 끼어들고 방해하고 재촉합니다. 결국 아이는 스스로 성장할 시간과 기회를 상실하고 맙니다. 아이가 힘겨워하는 시행착오가 성장을 위한 '기쁜 풍경'임을 이해하는 부모는 다릅니다. 느긋하게 지켜보며 기다립니다. 우리는 과연 어느 쪽일까요. 아이의 성장에 도움이 되는 부모일까요, 아니면 방해가 되는 부모일까요.

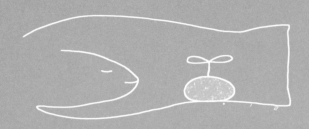

사도 바울은 '신의 자리'를 체험한 뒤 실제 이렇게 말했습니다.

"이제는 내가 사는 것이 아니라,
내 안의 그리스도가 산다!"

불교에도 그런 창조의 자리가 있습니다.
그게 바로 '공(空)'입니다.

텅
비어서
허망한 공이 아니라,

텅
비어서
무한대로 창조하는 공입니다.

3장

삶의 통찰력을 키우는 법

고요함 속에서
행복이
싹틉니다

천.국.과.
지.옥.을.
구.분.짓.지.마.세.요.

불교학과 교수가 물었습니다. "지옥에는
부처가 있는가?" 학생들의 눈이 동그래졌습니다. 저마
다 답을 냅니다. "없다. 부처는 당연히 극락에 있어야지."
"있다. 지옥에 있는 중생을 구하려면 부처가 지옥에도 있
어야지." 그리스도교식으로 바꾸면 이런 문답이 됩니다.
"지옥에도 그리스도가 있는가?" 그럼 답을 할 겁니다. "천
만에. 그리스도는 천국에만 있다. 지옥에도 있다는 건 신
성모독이다." 아니면 이런 답이 나올까요. "지옥에는 그

리스도가 없지만, 연옥에는 그리스도가 있다. 그래야 그들을 구원할 테니." 그도 아니면 이건 어떤가요. "지옥도, 천국도 그리스도 안에 있다. 세상 만물이 그리스도 안에 있으니까."

운문雲門(864~949) 선사는 중국의 고승입니다. '날마다 좋은 날日日是好日'이란 선구禪句로 유명하죠. 그를 찾아온 사람이 물었습니다. "어떤 것이 부처입니까?" 운문 선사가 답했습니다. "마른 똥막대기다!" 지금도 절집에서 '파격 중 파격'으로 꼽히는 대답입니다. 부처를 똥막대기에 빗댔으니 말입니다. 이 또한 해석이 분분합니다. "부처의 깨달음은 낮고, 가난하고, 소외된 이들을 향한 거다. 그러니 운문 스님이 부처를 똥막대기에 비유하지 않았나. 그렇게 보잘것없고, 초라하고, 소외된 이들이야말로 우리가 부처처럼 섬겨야 할 대상이란 뜻이다."

그럼 대답을 바꿔볼까요. "부처는 금막대기다!" 이건 맞는 말입니까, 아니면 틀린 말입니까. 부처가 똥막대기일 때는 '가난하고 소외된 이들이 부처다'란 해석이 통했습니다. 그런데 '부처는 금막대기다'가 되면 그게 통하질 않습니다. 금막대기는 귀하고, 비싸고, 부유한 거니까요. 그렇다면 이 말은 운문 선사의 외침에 어긋난 말일까요. 부처는 똥막대기는 될 수 있지만, 금막대기는 될 수 없는 걸까요.

그리스도교에는 "당신의 대문을 두드리는 낯선 손님, 그가 바로 예수다"란 말이 있습니다. 그 방문객이 양심적이고 착한 사람이라면 "맞아, 그 말이 맞네" 하고 맞장구가 나옵니다. 그런데 막상 문을 열어줬는데, 하룻밤 재워줬는데, 그가 심술궂고 이기적이고 고마움도 모르는 사람이라면 어떨까요. 여전히 그 낯선 손님이 예수일까요, 아니면 그냥 나쁜 놈일까요.

우리는 늘 갈림길에 서 있습니다. 천국이냐, 지옥이냐. 금막대기냐, 똥막대기냐. 선이냐, 악이냐. 그중 하나를 골라잡아야 합니다. 그래서 선한 사람을 만난 날은 '좋은 날', 악한 사람을 만난 날은 '나쁜 날'이 됩니다. 날마다 좋은 날은 없습니다. 그런데도 운문 선사는 "날마다 좋은 날"이라고 노래했습니다. 어떡하면 그게 가능할까요.

'똥막대기'란 말에 열쇠가 있습니다. 제게는 이렇게 들립니다. "부처는 똥막대기다. 그렇게 형편없고, 지저분하고, 냄새 나는 것도 부처다. 그러니 부처가 아닌 것이 어디 있겠나. 쇠막대기도, 금막대기도 똑같은 부처다. 그 공空한 바탕은 아무런 차이가 없다. 온 세상이 부처다. 너도 부처고, 나도 부처다. 우리는 부처의 세계에 살고 있다." 운문 선사는 그렇게 똥과

금의 경계를 지웠습니다. 그러고 보니 "지옥에도 부처가 있느냐?"는 물음이 참 어리석네요. 왜냐고요? 지옥이 바로 부처니까요. 그걸 못 보니까 지옥이 지옥이 되는 겁니다.

사람들은 종종 일상을 지옥에 빗댑니다. 바빠서, 힘들어서, 슬퍼서 "지옥 같다"고 말합니다. 어쩌면 우리는 부처의 세계에 살면서도 '자신의 지옥'에 빠져 있는 건 아닐까요. 『레미제라블』의 미리엘 신부는 은촛대를 훔쳐가는 도둑(장발장)을 예수로 봤습니다. 그의 눈에는 모두가 예수더군요. 남들이 사는 지옥에서 그 신부는 천국을 살더군요. 그가 말합니다. 날마다 좋은 날!

공空.의.자.리.가.곧.
창.조.의.자.리.입.니.다.

저녁식사 자리였습니다. 맞은편에 앉은 목사님은 "나는 불교를 존중한다. 한때는 나도 불교에 관심을 가졌었다. 그런데 불교는 결국 '공空'을 이야기하지 않나. 마지막에는 공만 남는 거다. 어쩐지 허탈하다"고 말하더군요. 일부러 불교를 폄훼하려는 말이 아니었습니다. 목사님의 솔직한 생각이었습니다. 불교에 대해 그런 생각을 가진 그리스도교인은 꽤 많습니다.

젊은 사미(사미계를 받고 아직 비구가 되지 않은 승려)가 불상을 향해 절을 하는 황벽 선사에게 도발적으로 물었습니다. "부처를 구할 필요도 없고, 법을 구할 필요도 없고, 중생을 구할 필요도 없는데 스님께선 무엇을 구하고자 절을 하십니까?" 사미의 물음에 황벽이 답했습니다. "부처를 구할 필요도, 법을 구할 필요도, 중생을 구할 필요도 없지만 일상의 예법이 이와 같은 일이다."

사미가 다시 받아쳤습니다. "굳이 절을 해서 무엇을 하려는 겁니까?" 그러자 황벽 선사가 손바닥으로 사미를 한 대 갈겼습니다. 깜짝 놀란 사미가 대꾸했습니다. "너무 거칩니다!" 황벽이 답했습니다. "여기에 무엇이 있다고 거칠다, 부드럽다 하는가!" 황벽이 손바닥으로 한 대 더 갈겼습니다. 사미는 멀리 도망가 버렸습니다.

대체 왜 그랬을까요. 황벽은 왜 사미를 때렸고 "일상의 예법이 이와 같다"고 답한 걸까요. 모두가 공空이라면 굳이 절은 또 왜 하는 걸까요. 어차피 물거품이라면 말입니다. 불교의 공은 대체 어떤 공일까요.

그리스도교에는 창조의 자리가 있습니다. 다름 아닌 신의 자리입니다. 거기서 빅뱅이 일어나고, 천지가 창조됐습니다.

"내가 너희 안에 거하듯, 너희가 내 안에 거하라"는 예수의 메시지는 한마디로 "신의 자리로 들어오라"는 뜻입니다. 말처럼 쉽진 않습니다. 그래서 예수는 "각자 자신의 십자가를 짊어지고 나를 따르라"고 했습니다. 십자가 위에 자신의 에고를 못 박으며 그 자리로 들어오라고 했습니다. 신의 자리는 에고가 없는 자리니까요.

여기서 물음이 날아갑니다. "에고가 없는 자리는 결국 내가 없는 것 아닌가. 내가 없으면 아무것도 없지 않나. 그럼 불교의 공과 무엇이 다른가." 이런 생각이 절로 듭니다. 그리스도교는 이렇게 답을 합니다. "그때는 아무것도 없는 게 아니다. 신의 자리가 드러난다. 그래서 그 '신의 자리'가 나를 통해 살게 된다." 사도 바울은 '신의 자리'를 체험한 뒤 실제 이렇게 말했습니다. "이제는 내가 사는 것이 아니라, 내 안의 그리스도가 산다!"

그렇게 살면 어찌 될까요. 우리의 삶이 달라집니다. '신의 자리'는 창조의 자리니까요. 그런 '신의 자리'가 나를 통해 사니까 삶이 창조적으로 바뀔 수밖에 없습니다. 불교에도 그런 창조의 자리가 있습니다. 그게 바로 '공空'입니다. 텅 비어서 허망한 공이 아니라, 텅 비어서 무한대로 창조하는 공입니다.

그럼 황벽 선사는 왜 절을 했을까요. 자신의 눈앞에 불상이 있으니 지혜롭게 흐른 겁니다. 절집의 예법. 그게 황벽의 창조물입니다. 그걸 통해 황벽은 '공의 정체'를 보여줬습니다. 공은 한마디로 '모든 소리를 만들어내는 고요'입니다. 필요한 지혜를 마구마구 만들어내는 공입니다.

그래도 사미는 알아듣지 못합니다. 황벽은 한 대 더 때렸습니다. 사미는 반발합니다. 아프니까요. 모든 게 공이라면 아픈 것도 공일 텐데. 굳이 반발할 이유가 없을 텐데 말입니다. 황벽이 사미에게 몸소 일러줍니다. 봐라! 너는 공의 자리에서 아프다는 느낌, 거칠다는 생각을 창조하지 않았느냐고. 그게 공의 정체라고 말입니다. 이걸 정확하게 알면 그리스도교와 불교는 상대의 심장을 꿰뚫는 종교 간 소통을 하게 됩니다.

'행.운'.은.
세.잎.클.로.버.속.에.
있.습.니.다.

산책을 하고 있었습니다. 갑자기 한 사람이 풀밭에 쪼그
리고 앉았습니다. 보기 드문 '네 잎 클로버'가 곳곳에 보
였습니다. "여기 네 잎 클로버가 널렸어!" 친구들이 다가
왔습니다. 다들 네 잎 클로버를 따느라 정신이 없습니다.
그런데 유독 한 사람만 멀뚱멀뚱 서 있었습니다. "넌 왜
안 따?" 그 사람이 대답했습니다. "나는 세 잎 클로버가
좋아."
　　얼마 전 그 사람과 식사를 했습니다. 왜 '세 잎 클로버'

를 더 좋아하는지 물어봤습니다. "'네 잎 클로버'는 행운을 상징한다. 그건 지금 내게 없는 것이다. 다시 말해 운이고 요행이다. 나는 그런 것에 기대서 삶을 살고 싶진 않다. 그래서 '세 잎 클로버'가 더 좋다." 점점 더 궁금해지더군요. 왜 세 잎이 더 좋을까. "'세 잎 클로버'는 행운이 아니다. 어디에나 널려 있고, 아주 평범하고, 지극히 일상적인 것이다. 나는 거기에 행복이 있다고 본다. 그러니 행운을 찾는 것보다 행복을 찾는 게 내게는 훨씬 더 중요하다." 실제 세 잎 클로버의 꽃말은 '행복'입니다. 네 잎 클로버는 '행운'이죠.

듣고 보니 고개가 끄덕여지더군요. 우리는 종종 '내 인생의 네 잎 클로버'에 승부수를 던집니다. 이 험난한 현실에서 그런 꿈이라도 가져야지, 그게 왜 문제가 돼? 그렇게 따집니다. 문제는 우리가 '네 잎 클로버'에 매달리느라 '세 잎 클로버'를 잊어먹을 때부터 생깁니다. '인생의 로또'를 기다리느라 '일상의 로또'를 놓치는 격이니까요.

집으로 가는 길, 생각에 잠깁니다. 종교에도 클로버가 있습니다. 사람들은 깨달음을 좇습니다. 그걸 하늘과 땅이 뒤바뀌는 일종의 '네 잎 클로버'라고 생각합니다. 한 방에 '꽝!' 하고 깨달음이 오면 모든 문제가 절로 풀릴 거라 여깁니다. 실제 적잖은 수행자들이 선방에서 깨달음의 순간을 기다립니다. 수도

원의 수도승들도 그리스도와의 대면을 고대합니다. 그러나 본성을 깨닫는 순간도, 그리스도와의 대면도 '네 잎 클로버'를 통해선 오지 않습니다.

왜 그럴까요. 깨달음의 정체, 그리스도의 속성은 '네 잎 클로버'가 아니기 때문입니다. 그럼 뭘까요. '세 잎 클로버'입니다. 이 대목에서 사람들은 반격합니다. "그야말로 혁명적인 붓다의 깨달음이 어떻게 '네 잎'이 아니고 '세 잎'인가." "그리스도는 초월적 존재다. 어째서 '네 잎'이 아니고 '세 잎'인가." 이렇게 반문합니다.

가만히 따져보세요. 결국 문고리를 찾는 일입니다. 붓다의 깨달음이든, 그리스도의 현존이든 만나려면 문을 열어야 합니다. 그 문고리가 어디에 있을까요. 사람들은 우리의 일상을 벗어난 곳에서 그 문고리를 찾습니다. 뭔가 특별한 사막, 첩첩산중의 토굴, 히말라야 설원을 찾아다닙니다. 그건 우럭을 잡으려고 태평양 한가운데로 가는 셈입니다. 내가 사는 동네의 방파제에서 낚싯줄만 던져도 우럭은 얼마든지 잡히는데 말입니다.

불교에서 말하는 공空은 눈에 보이지도, 손에 잡히지도 않습니다. 그럼 공은 대체 어디에 있을까요. 색色 속에 있습니다. 코로 맡는 냄새, 눈으로 보는 모양, 손에 잡히는 덩어리 속에 공空이 있습니다. 그게 우리의 일상입니다. 그럼 그리스도는 어디에 있을까요. 주위에서 만나는 모든 사람들 속에 있습니다. 그 안에 그리스도가 있는 겁니다. 창조물 속에 창조주가 깃들어 있듯이 말입니다.

식사를 함께했던 사람이 한마디로 정리를 하더군요. "진정한 네 잎 클로버는 세 잎 클로버 속에 있다." 맞습니다. 세 잎 클로버와 네 잎 클로버가 둘이 아니기 때문입니다.

본.질.을.향.해.
꽃.을.피.우.세.요.

33일 만이었습니다. 교황 요한 바오로 1세는 자신의 침실에서 주검으로 발견됐습니다. 즉위한 지 겨우 한 달 만에 말입니다. 세상이 떠들썩했습니다. 순식간에 '교황 독살설'이 퍼졌습니다. 왜냐고요? 죽기 직전에 요한 바오로 1세가 교황청의 인사 조치를 명령했기 때문입니다. 바티칸의 기득권 세력을 향한 매우 개혁적인 인사였습니다. 그게 실시되기도 전에 교황은 싸늘한 주검이 되고 말았습니다. 그래서 요한 바오로 1세는 '33일의 교황'(1978년

8월 26일~9월 28일)으로 불립니다. 당시 "기득권 세력의 반격이다"라는 소문이 파다했습니다. 교황청에서 공식 발표한 사인은 심근경색이었습니다. 그의 뒤를 이은 교황이 요한 바오로 2세입니다.

조선의 왕들도 종종 의문의 죽음을 당했습니다. 개혁을 추진했던 정조에 대한 독살설은 지금도 계속됩니다. 가톨릭 교황도 마찬가지였습니다. 요한 바오로 1세의 죽음은 불과 36년 전이니까요. 사실 가톨릭의 교황직은 오랫동안 이탈리아의 전유물이었습니다. 지금도 이탈리아의 현직 추기경은 40명이 넘습니다. 그들은 교황 선출에 막강한 영향력을 행사합니다. 교황청에 구축돼 있는 기득권 세력의 뿌리와 역사도 그만큼 깊습니다.

요한 바오로 1세는 이름부터 파격이었습니다. 요한이면 요한, 바오로면 바오로지 '요한+바오로'는 가톨릭 역사상 전례가 없던 교황명입니다. 이유가 있습니다. 그가 닮고 싶었던 교황이 요한 23세와 바오로 6세였기 때문입니다. 그는 '요한 24세' 혹은 '바오로 7세'라는 교황명 대신 '요한+바오로'를 택했습니다. 이걸 보면 그가 걷고자 했던 길이 한눈에 보입니다.

요한 23세는 무척 자유롭고 개방적인 교황이었습니다. 갈수록 경직되는 가톨릭에 유연한 생명력을 불어넣은 '제2차 바티칸 공의회'를 시작한 인물입니다. 바오로 6세는 그걸 마무리한 교황입니다. 중세 때부터 650년 넘게 교황은 삼층관(삼중관)을 머리에 썼습니다. 숱한 다이아몬드와 보석들로 치장된 화려한 '왕관'입니다. 삼층관은 왕 중의 왕을 상징합니다. 바오로 6세는 "주의 종이 이렇게 화려한 왕관을 쓸 수가 없다"며 삼층관을 베드로 성당의 제단 위로 올려놓았습니다. 닷새 뒤 삼층관은 뉴욕의 자선 기금 행사에 나왔습니다. 그때부터 교황이 삼층관을 쓰는 전통이 사라졌습니다. 지금은 교황의 문장紋章에만 그림으로 남아있을 뿐입니다.

요한 바오로 1세는 그걸 닮고자 했습니다. 그런 꽃을 피우려 했습니다. 요한 바오로 1세는 대관식 자체를 거부했습니다. 그는 대관식과 착좌식을 거부한 첫 교황입니다. 그뿐만이 아닙니다. 그는 교황이 자신을 지칭할 때 쓰던 '짐朕'이라는 표현을 '나'로 바꾸어 버렸습니다. 그리스도 앞에서 교황도 한 인간에 불과하다는 걸 보여줬습니다. 그리스도를 향해 더 가까이 다가서려 했던 요한 바오로 1세의 이 모든 지향과 노력은 즉위 33일 만에 막을 내렸습니다.

저는 프란치스코 교황을 볼 때마다 요한 바오로 1세가 떠오릅니다. 어쩌면 '교황의 멘토 교황'이 아닐까란 생각까지 듭니다. 프란치스코 교황도 바티칸 교황청을 수술대 위에 올렸습니다. 교황청 내에서 개혁적 인사를 단행했고, 바티칸의 재정 투명성도 들쑤십니다. 예전의 대관식에 해당하는 '교황 취임 미사'를 가리키며 프란치스코 교황은 "교황 업무 첫날"이라고 표현했습니다. 바티칸에서 그 광경을 직접 목격한 정진석 추기경은 "교황님은 자유인이다"라고 표현하더군요.

요한 바오로 1세와 프란치스코 교황, 둘은 닮은꼴입니다. 이유는 하나. 그리스도교의 본질을 향해서 꽃을 피우려 하기 때문입니다. 요한 바오로 1세의 못다 핀 꽃 한 송이. 프란치스코 교황이 피워내길 기도합니다.

길.은.

스.스.로.

찾.아.야.합.니.다.

붓다에게 사람들이 물었습니다. "똑같이
부처님의 가르침을 듣습니다. 왜 누구는 깨달음을 얻고
누구는 얻지 못합니까?" 붓다가 답했습니다. "사람들은
라즈기르(인도의 지명)로 가는 길을 묻는다. 나는 그 길을
일러준다. 어디서 꺾고, 어디를 돌아서, 어디로 가라고.
그런데 어떤 사람은 라즈기르에 도착하고, 어떤 사람은
가다가 포기하고, 또 어떤 사람은 엉뚱한 지역으로 가고
만다. 여래는 다만 길을 안내할 뿐이다."

사람들은 기대합니다. 붓다의 가르침을 직접 들으면 한 방에 '뻥!' 뚫려서 깨달음을 얻으리라, 라즈기르로 순간이동이라도 하겠지 생각합니다. 붓다는 냉정하게 말했습니다. 자신은 다만 길을 안내할 뿐이라고.

개봉 첫날 조조 영화 〈명량〉을 봤습니다. 깜짝 놀랐습니다. 도심의 영화관인데도 젊은이들과 50, 60대 관객이 섞여 있더군요. 사람들은 무엇 때문에 개봉 첫날 아침 일찍 영화관을 찾았을까. 유심히 살폈습니다. 거기에는 '목마름'이 있더군요.

그 목마름의 뿌리를 따라가 봤습니다. 그건 문제투성이 나라에서 문제투성이 리더십을 보여주고 있는 문제투성이 지도자들에 대한 깊은 절망감이 아닐까요. 그래서 우리는 '이순신'을 찾습니다. 현실에서 도저히 찾을 수 없는 리더, 서글프게도 역사 속에서 찾는 겁니다.

〈명량〉을 본 주위 친구들에게 물었습니다. 영화관을 찾은 너의 목마름은 뭐냐. 그들의 답은 뜻밖이었습니다. 12척의 배로 133척의 왜선을 격파한 전설적인 영웅이 아니었습니다. 친구들은 '멸사봉공의 리더십'이라고 했습니다. 더 큰 것을 위해 자신을 내려놓는 리더십, 그걸 가장 목말라했습니다.

프란치스코 교황은 리더십에 대해 이렇게 말했습니다. "지도자는 한없이 자신을 낮춰라. 때로는 자신을 버리고 사람들을 품어라." "사람들 속에서 살아라. 그들의 냄새가 당신의 몸에 배도록 하라." "정치인은 끝없이 소통하고, 소통하고, 소통하라." 우리가 찾던 멸사봉공의 메시지입니다.

그래서일까요. 사람들은 기댑니다. 나의 상처를 만져주시오. 나의 문제를 풀어주시오. 우리는 교황에게 연필을 잡으라고 합니다. 한 보따리나 되는 대한민국의 숙제를 교황에게 들이밀었습니다. 우리 대신 문제를 풀라는 듯이 말입니다.

그러나 붓다는 말했습니다. 길을 안내할 뿐이라고. 프란치스코 교황도 마찬가지입니다. 길을 안내할 뿐입니다. 연필을 쥐는 것도, 문제를 푸는 것도, 그 길을 가는 것도 우리의 몫입니다. 누구도 그걸 대신할 수는 없습니다.

사람들은 묻습니다. 붓다는 왜 길만 안내하느냐. 귀찮아서 그런가. 아니면 힘들어서 그런가. 아닙니다. 우리에게 기회를 주는 겁니다. 붓다가 직접 손을 잡고 라즈기르까지 안내한다면 우리는 결코 붓다가 될 수 없습니다. 스스로 길을 찾고, 스스로 길을 가는 자기 근육이 생겨나질 않으니까요. 그런 근육이 없다면 붓다가 될 수 없습니다.

프란치스코 교황도 마찬가지입니다. 길을 일러줄 뿐입니다. 예수도 "각자 자신의 십자가를 짊어지라"고 했습니다. 남의 죽음과 남의 부활은 의미가 없습니다. 자신이 죽고 자신이 부활해야 합니다. 그래야 '작은 프란치스코'가 되고 '작은 이순신'이 될 수 있습니다. 대한민국에 그런 '작은 이순신'이 수백만, 수천만이 있다면 어떻게 될까요. 133척, 아니 133만 척의 적선이라도 두렵지 않을 겁니다. 이제는 우리가 발을 뗄 차례입니다.

내.마.음.을.꺾.으.면.

한.마.음.이.

남.습.니.다.

『난중일기』에 기록된 대목입니다. 왜란 때
입니다. 원균은 수하에 있던 서리書吏(문서 담당 하급 관리)
에게 곡식을 사 오라며 섬에서 육지로 보냈습니다. 그 틈
을 타 부하의 처를 겁탈하려 했습니다. 여인이 저항하며
밖으로 뛰쳐나와 악을 썼습니다. 원균이 삼도수군통제사
가 됐을 때는 탈영병이 많았다고 합니다. 급기야 원균은
거제 칠천량 전투에서 대패했습니다. 거북선과 170여 척
의 전함, 수년에 걸쳐 마련한 무기들이 모두 바다에 수장

됐습니다.

🌸　　　모함에 빠졌던 이순신이 다시 통제사가 됐습니다. 남은 전함은 고작 12척. 조정에서는 아예 수군을 해체하고 육군에 합류하라고 명했습니다. 여기서 이순신의 통찰력이 돋보입니다. 저희라면 그런 상황에서 어떻게 했을까요. 대부분 12척의 배를 인수하러 허겁지겁 달려갔을 겁니다. 이순신은 달랐습니다. 그는 배를 접수하러 바다로 가지 않았습니다. 대신 육지로 갔습니다. 열흘 넘게 전라도 땅을 돌았습니다. 『불멸의 이순신』을 쓴 소설가 김탁환은 "이순신 장군은 그때 숨어 있던 군사와 군량미를 모으고 민심을 돌렸다"고 말하더군요. 그런 뒤에야 바다로 가서 12척의 배를 챙겼다고 합니다.

저는 그 말을 듣고 깜짝 놀랐습니다. 왜냐고요? 이순신 장군이 무엇으로 싸움을 했는지 한 방에 보여주기 때문입니다. 그건 단순히 전함이 아니었습니다. 그 배를 타는 사람, 그들이 먹고살 양식, 부하의 가족에 대한 안위까지 장군은 염두에 두었더군요. 거기가 끝이 아닙니다. 궁극적으로 이순신이 겨냥한 표적은 그들의 '마음'이었습니다.

이순신은 문서에 수결手決(요즘의 사인)할 때 자신의 이름 대신 '一心(일심)'이라고 썼습니다. 그걸 간절히 원했다는 뜻입니다. 무엇과 하나가 되는 마음일까요. 부하와 하나 되고, 백성과 하나 되는 마음이 아닐까요. 그것이야말로 가장 무서운 무기니까요. '이순신의 일심'을 보여주는 일화가 있습니다. 장군이 함경도에서 근무할 때였습니다. 전라도에서 온 병사가 부모상을 당했습니다. 천리 길이라 고향에 갈 엄두도 내지 못했습니다. 이순신은 자신이 타는 말을 기꺼이 내주었습니다. 병사는 그 말을 타고 가 부모상을 치렀다고 합니다.

이순신은 말을 내주고 마음을 얻은 겁니다. 비단 전라도로 달려간 병사의 마음만 얻었을까요. 이 소문을 전해들은 군영의 모든 병사의 마음을 얻었을 겁니다. 저는 그게 이순신이 펼쳤던 '병법 중의 병법'이라고 봅니다. 12척의 배로 133척의 왜선과 마주했을 때 이순신은 "필사즉생 필생즉사必死卽生 必生卽死(필히 죽고자 하면 살고, 살고자 하면 죽는다)"라고 외쳤습니다. 여기에 '일심'을 만드는 비법이 담겨 있습니다.

상대방과 하나의 마음이 되긴 어렵습니다. 내 마음 따로, 상대 마음 따로니까요. 그럼 어떡해야 할까요. 내 마음을 꺾으면 됩니다. 그럼 상대와 하나가 됩니다. 내가 상대방의 마음을 꺾는 것은 불가능하니까요. 그럼 133척의 왜선 앞에서 두려움에 벌벌 떠는 병사들의 마음을 어떻게 '일심'으로 만들 수 있을까요. 각자 자신의 마음을 꺾으면 됩니다. 필사즉생必死卽生. 그럼 거대한 하나의 마음만 남습니다. 그게 '일심'입니다. 이순신 장군이 12척의 배에 실었던 가장 파괴력 있는 무기입니다.

분.노.의.
출.구.를.
찾.아.보.세.요.

1800년 6월 조선의 정조가 세상을 떠났습니다. 기득권 세력이던 노론 벽파에 맞서 숱한 개혁을 추진하던 왕이었습니다. 갑작스러운 죽음에 '정조 독살설'이 퍼져나갔습니다. 한양의 관리와 사대부는 물론이고 지방까지 소문이 떠돌았습니다.

민심은 분노했습니다. 경상도 인동에서는 장시경 부자와 형제 등이 "국왕이 약을 잘못 써 승하했다. 장차 군사를 모아 상경해 일을 도모하고자 한다"며 사람들을 이끌고 관아를 습격했다고 합니다. 결국 실패한 장시경은 낙수암에서 투신 자살했습니다.

🌸　　　1919년 1월 21일 고종 황제가 승하했습니다. "그날 이완용이 궁에 머물며 숙직을 했다" "궁의 나인 둘이 올린 식혜를 아침에 먹고 급사했다"는 소문이 퍼졌습니다. 두 나인 중 한 명은 고종 승하 이틀 뒤에 숨지고, 나머지 나인은 한 달 뒤 심한 기침 끝에 숨졌다는 설도 있었습니다. 조선 백성은 분노했습니다. 장례식을 앞두고 덕수궁 대한문 앞에는 사람들이 구름처럼 몰려들었습니다. 결국 고종 인산일(장례일, 3월 3일)에 맞춰 전국에서 들고 일어났습니다. 그게 3·1 운동입니다.

🌸　　　1926년 4월 25일 조선의 마지막 임금, 순종이 숨을 거두었습니다. 그때도 독살설이 퍼졌습니다. 조선 백성은 분하고 억울했습니다. 순종의 장례 행렬이 단성사 앞을 지날 때 수천 장의 격문과 함께 "대한독립만세" 함성이 터졌습니다. 그게 전국으로 퍼져간 6·10 만세운동의 시작이었습니다.

🌸　　　2009년 5월 23일 노무현 전 대통령이 세상을 떠났습니다. 검찰 수사로 인한 갑작스러운 죽음이었습니다. 보

수와 진보, 진영에 따라 바라보는 시각은 다릅니다. 진보 진영은 촛불을 들었습니다. '억울한 국상'이라고 본 겁니다. 광화문에는 추모 인파가 몰렸습니다. '정치적 죽음'으로 해석하던 분노의 에너지는 정치적 창구인 지방선거를 통해 표출됐습니다.

역사 속에는 이런저런 국상이 있었습니다. 참 묘합니다. 비극적인 국상을 당할 때마다 꼭 분노의 에너지가 모였습니다. 세월호 참사를 겪으며 대한민국은 '상가喪家'가 됐습니다. 온갖 매체를 통해 비극적 사건이 실시간으로 중계됐습니다. 국민이 상주가 되고 조문객이 됐습니다.

한가람역사문화연구소 이덕일 소장은 "세월호 참사는 자발적 국상國喪이다. 거기에는 우리 민족 정서 중 하나인 한恨의 표출이 있다. 그건 가해자는 뚜렷한데 응징할 힘이 부족할 때 나타나는 집단정서다"라고 진단하더군요.

생각해 봅니다. 이 거대한 참사의 가해자는 누구인가. 크게는 국가와 관료와 해운회사, 작게는 모든 개인입니다. 그럼 이 엄청난 분노의 에너지를 어디로 표출해야 할까요. 누구는 '구원파'에게 모든 책임을 돌리려 하고, 또 누구는 지방선거에서 세월호를 전략적 무기로 삼으려 했습니다. 정말 이 분노는 어디를 향해야 하는 걸까요.

역사 속의 국상은 말합니다. 분노의 에너지는 늘 출구를 찾습니다. 저는 그 에너지에 주목합니다. 고종 독살설이 퍼졌을 때 분노의 에너지는 3·1운동이란 창구로 분출했습니다. 세월호가 남긴 이 엄청난 분노의 에너지는 어디로 솟구쳐야 할까요. 출구를 제대로 찾아야만 문제를 해결할 수 있습니다. 분노의 에너지가 지나가야 할 궁극적인 통로는 어디일까요.

저는 눈을 감습니다. 이 나라를 바꾸고, 사회를 바꾸고, 도시를 바꾸고, 동네를 바꾸려면 어떡해야 할까요. 무엇부터 바꾸어야 할까요.

그렇습니다. 나부터 바꾸어야 합니다. 나 자신부터 달라져야 합니다. 그 엄청난 분노의 에너지가 나를 밟고 지나가야 합니다. 그렇게 나를 통과해야 합니다. 내가 달라질 때 동네가 달라지고, 동네가 달라질 때 도시가 달라지고, 도시가 달라질 때 사회가 달라지고, 사회가 달라질 때 나라가 달라집니다.

퇴근길, 저는 횡단보도 앞 정지선에서 차를 세웁니다. 평소와 달리.

매.뉴.얼.은.
곧,.
약.속.입.니.다.

수업 시간에도 사이렌이 울렸습니다. '애~애~앵!' 초등
학생들은 일사불란하게 교실을 뛰쳐나갔습니다. 복도와
계단을 달려서 운동장 귀퉁이에 줄지어 쪼그려 앉았습니
다. 양손으로 두 귀와 두 눈을 막고 입을 벌렸습니다. 적
기의 폭격 때는 그렇게 해야 고막이 터지는 걸 막는다고
했습니다. 앞줄, 옆줄 반듯하게 앉아야 했습니다. 약간만
튀어나와도 스피커에서 불호령이 떨어졌습니다. "3학년
2반 앞에서 일곱째 줄 똑바로 앉아!"

철 좀 드니까 생각이 바뀌더군요. 그게 냉전체제, 군사정부, 권위주의 시대의 산물이라는 걸 알았습니다. 그때부터 냉소적입니다. '재난 대비' '비상 훈련'이란 말을 들으면 콧방귀부터 나옵니다. 저도 모르게 거부감이 생겼습니다. '비상 훈련 매뉴얼=귀찮고, 형식적이고, 거추장스럽다'는 강한 선입관이 생겼습니다.

어른이 된 뒤에도 그랬습니다. 비행기 승무원이 앞에서 구명조끼에 바람 넣는 법을 설명합니다. 늘 한눈을 팔았습니다. 동작과 순서를 제대로 따라가 본 적이 없습니다. 어쩌다 비상구 앞에 앉을 때면 널찍한 자리만 좋아했습니다. 승무원이 설명하는 비상시 행동 요령은 한 귀로 흘렀습니다. 영화관에서도 그랬습니다. 화재 발생 시 비상구 통로가 스크린에 그려집니다. 저는 하품을 했습니다. "왜 이렇게 광고가 많지?" 투덜거렸습니다.

다들 말합니다. "세월호 사건 때 어른들 말을 들은 학생은 죽고, 듣지 않은 학생은 살아남았다." 곰곰이 생각해 봅니다. 어른들 말을 듣는다고 다 죽는 건 아닐 텐데. 어른도 어른 나름이겠지. 그럼 대체 어떤 어른을 말하는 걸까. 가만히 들여다보니 가슴이 덜컥 내려앉습니다. 그게 저 같은 어른이더군요. 형식적인 매뉴얼을 만드는 어른, 거기에 코웃음 치는 어른, 그래서 매뉴얼을 무시하는 어른. 그게 바로 저였습니다.

어른들은 매뉴얼을 뭉갰습니다. 학생들은 달랐습니다. 배가 뒤집어진 상황에서도 "선실에 대기하라"는 방송을 침착하게 따랐습니다. 베이징 특파원이 그러더군요. 중국 교육계가 한국 교육을 연구하고 있답니다. 배가 침몰하는데 학생들이 어떻게 선내 방송대로 실내에 머물러 있었느냐는 겁니다. 중국 학생들이라면 유리창 깨고 다들 바다로 뛰어들었을 거랍니다.

짚어 봅니다. 중국 학생들은 왜 바다로 뛰어들까. 그들은 그 사회의 매뉴얼을 믿지 못하기 때문이 아닐까요. 저희 세대도 그랬을 겁니다. 유리창을 깨고 바다로 뛰어들었을지 모릅니다. 저희는 매뉴얼을 믿지 않는 세대니까요. 그런데 우리의 아이들은 다르더군요. 그들은 매뉴얼을 믿었습니다. 어른들이 만들고도 어른들이 믿지 못하는 매뉴얼을 아이들은 믿었습니다. 그래서 목숨을 잃었습니다.

생각해 봅니다. 아이들이 진짜 믿었던 건 무엇이었을까. 그건 매뉴얼이 아니라 약속이 아니었을까요. 매뉴얼을 통해서 너와 내가 걸었던 손가락이 아니었을까요. 그들은 그걸 믿었습니다. 우리가 애초부터 지킬 생각이 없던 손가락을 그들은 믿었습니다.

뒤늦게 깨닫습니다. 매뉴얼도 '그 시대의 초상肖像'이더군요. 권위주의 매뉴얼을 무시하던 그 마음이야말로, 지금 이 시대에는 강고한 권위주의가 돼 있더군요. 얼마 전에는 '땅콩 봉지' 때문에 활주로로 향하던 비행기가 다시 돌아섰습니다. 매뉴얼을 무시한 채 말입니다.

저는 매뉴얼을 진지하게 생각해 봅니다. 매뉴얼이 과연 뭘까. 처음으로 그런 물음을 던져 봅니다. 그랬더니 매뉴얼의 정체가 보입니다. 그건 지켜야 할 의무도, 강요도, 규정도 아니었습니다. 그건 너와 내가 마음으로 걸었던 손가락입니다. 우리 모두를 위해 우리 모두가 서로 걸었던 손가락이더군요. 그 손가락을 지키는 일이 얼마나 값진 일인지 뒤늦게, 아주 뒤늦게 깨닫습니다.

삶.은.

거.대.한.

초.밥.입.니.다.

미국 LA에 '노부'라는 일식당이 있습니다. 예약을 하려면 몇 달씩 기다려야 합니다. 할리우드의 내로라하는 스타들의 단골집이죠. 그 식당의 주인이 마쓰히사 노부유키입니다.

제주도에서 그를 만난 적이 있습니다. 그는 고등학교를 졸업하자마자 도쿄의 스시집에서 일했습니다. 무슨 일을 했느냐고요? 3년간 설거지를 하고 접시를 닦았습니다. 식당 청소도 했습니다. 3년이 지나자 요리사가 새

벽시장에 데려갔습니다. 거기서 생선을 샀느냐고요? 아닙니다. 생선은 요리사가 골랐고, 그는 생선을 담은 물동이만 날랐습니다. 그걸 또 3년간 했습니다. 노부는 "내가 직접 스시를 만드는 날이 과연 올까?"라고 수없이 자신에게 되물었다고 하더군요.

🌼　　　라스베이거스 벨라지오 호텔 일식당의 총주방장은 한국계인 아키라 백입니다. 그곳 호텔가에서 동양인 최초이자 최연소 총주방장입니다. 그가 견습생일 때 처음 배운 일은 밥 짓기였습니다. 그를 가르친 셰프는 밥 짓기만 무려 7년을 배웠다고 합니다. 밥 냄새만 맡아도 불의 세기와 식초를 얼마나 넣었는지 알 정도였습니다. 그 밑에서 아키라 백은 혹독하게 밥 짓기를 익혔습니다. 무 깎기도 그랬습니다. 그는 "하루에 몇 상자씩 무를 깎다 보니 나중에는 칼만 쥐고 있어도 무가 깎였다"고 했습니다.

언뜻 보면 '전형적인 도제식 교육'으로만 보입니다. 저는 궁금합니다. 거기에 어떤 노하우가 숨어 있기에 장인匠人이 배출되는 걸까요.

'노부의 설거지'를 들여다봅니다. 그는 설거지를 하며 접시

171

만 닦진 않았습니다. 접시에 묻은 밥알의 느낌, 밥알의 찰기, 접시와 스시의 궁합 등을 아주 깊이 들여다봤을 겁니다. 왜 그게 가능했을까요. 자신이 '직접' 설거지를 했기 때문입니다. 물과 접시, 접시에 묻은 밥알을 내 손으로 직접 만지고, 문지르고, 느끼며 터득했던 겁니다. 그걸 통해 스시에 대한 통찰력이 생긴 겁니다. 아키라 백도 마찬가지입니다. 무를 썰면서 숱한 시행착오를 거쳤을 겁니다. 칼을 잡는 방향, 누를 때의 힘, 써는 각도, 무의 재질을 끊임없이 느끼고 생각하며 칼이 손에 익었을 겁니다.

학교를 다녀온 중학생 아이가 가방을 엄마 무릎에 확 팽개쳤습니다. 깜짝 놀란 엄마가 이유를 물었습니다. 아이는 "중요한 수업 준비물을 빠트렸다"며 마구 화를 냈습니다. 가방은 항상 엄마가 챙겨주니까요. 엄마는 아이를 꾸짖었습니다. 아이는 그런 엄마가 이해가 되지 않습니다. 얼마 전에 들은 실화입니다.

이 이야기를 듣고 저는 노부와 아키라 백이 떠올랐습니다. 유치원 때부터 시작됐던 겁니다. 아이의 가방을 엄마가 챙겨주는 일 말입니다. 그게 중학생 때까지 이어진 거죠. 그걸 일식집 요리사에 대입하면 어떤 걸까요. 부모가 설거지도 대신 해주고, 시장에서 장도 대신 봐주는 겁니다. 무도 대신 깎아주고, 밥도 대신 지어줍니다. 그러면서 아이에게 말합니다. 뛰어난 요리사가 되라고. "가방을 정리하는 사소한 일은 엄마가 해줄 테니까, 너는 공부만 열심히 해."

어쩌면 이게 자식 교육에 대한 우리의 자화상 아닐까요. 삶은 하나의 거대한 초밥입니다. 아이는 가방을 직접 챙기고, 방을 직접 청소하고, 책꽂이를 직접 정리하면서 사물의 이치, 초밥의 이치를 터득합니다. 직접 가방을 챙기며 내일 수업 일정을 생각하고, 필통·책·노트를 이리저리 배치하며 공간감과 기획력을 키웁니다. 가끔 준비물을 빠트리는 시행착오는 보약 중의 보약입니다. 그걸 통해 삶에서 마주칠 더 큰 시행착오를 막게 되죠. 그런데도 우리는 "아이를 사랑하니까"라는 이유로 그 모든 기회를 원천봉쇄하고 있는 건 아닐까요.

그러면서 아이에게 요구합니다. 너는 꼭 초밥왕이 되라고.

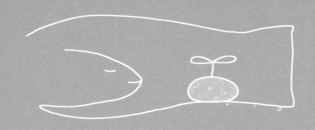

마음밭에는 묘한 능력이 있습니다.
"이 문제를 어떻게 풀까?" 하고 생각의 씨앗을 정확히 심어두면
어김없이 싹(해결책)이 올라옵니다.

오늘 심는
생각의 씨앗이
새로운 날을 만듭니다

열.흘.먼.저.
생.각.의.씨.앗.을.
심.어.보.세.요.

그는 형편이 빠듯했습니다. 하버드대에서 석박사 과정
을 밟으면서도 혼자 학비와 생활비를 해결해야 했습니
다. 그래서 기숙사 사감을 맡았습니다. 그걸 7년이나 했
습니다.

하버드대의 공부량은 상당합니다. 시험 때는 하루
18시간 이상 공부하고, 잠은 고작 2~3시간씩 잡니다. 혹
독한 일정을 소화해야 합니다. 수시로 내는 에세이 등 과
제물도 만만치 않습니다. 오죽하면 하버드 졸업생들이

이런 말을 할까요. "하버드만 졸업하면 인생이 아주 쉬워진다 (After Havard, life is so easy)."

그는 기숙사 사감을 하면서 많은 학생을 만났습니다. 하버드대에선 공부만 잘한다고 '최고'가 되지 않습니다. 클럽 활동이나 봉사활동도 아주 활발하게 하면서, 공부까지 잘해야 "쟤는 공부 좀 한다"는 평가를 듣습니다. 평소에는 설렁설렁 노는 것 같은데, 성적이 기가 막히게 좋은 학생들이 더러 있었습니다. 사감을 하면서 그들을 유심히 봤습니다. 그랬더니 비밀 노하우가 있었습니다.

그는 "이건 정말 맨입으로 안 되는데"라며 그들의 노하우를 귀띔해줬습니다. 핵심은 '예정보다 10일 먼저 해치우기'. 다시 말해 일정을 열흘 앞당겨서 일을 해나가는 겁니다. 읽어야 하는 책, 써야 하는 에세이, 발표 준비 등을 모두 10일 앞서서 처리합니다. 물론 처음에는 힘이 듭니다. 열흘 분량의 진도를 미리 빼야 하니까요. 예전의 습관 탓에 시행착오를 거쳤지만 결국 그도 '10일 먼저 사는' 우등생이 됐습니다. 그가 누구냐고요? 최재천(이화여대 석좌교수) 국립생태원장입니다.

그 노하우를 들으면서 저는 고개를 끄덕였습니다. 마음은 밭입니다. 할 일이 있으면 "어떤 식으로 처리할까" 하고 생각의 씨앗을 먼저 심어야 합니다. 씨앗은 심지 않고 "하긴 해야 할 텐데"라며 계속 미루면 불안만 커집니다. 그러다 마감이 코앞에 닥쳐서야 씨앗을 심습니다. 그럼 싹이 트자마자 '싹둑' 베어서 수확해야 합니다. 완성도는 떨어지게 마련입니다.

열흘 먼저 생각의 씨앗을 심어두면 어떻게 될까요. 싹이 일찍 틉니다. 그럼 계속 깎고, 다듬을 수 있습니다. 마음밭에는 묘한 능력이 있습니다. "이 문제를 어떻게 풀까?" 하고 생각의 씨앗을 정확히 심어두면 어김없이 싹(해결책)이 올라옵니다. "아, 이렇게 하면 되겠네. 그럼 저 문제는 어떻게 풀지?" 시간이 지나면 또 싹이 올라옵니다. "아하! 그런 방법이 있었군." 열흘간 아이디어의 싹이 계속 올라옵니다. 그걸 적용하며 우리는 자꾸 깎고 다듬습니다. 마감이 가까울수록 결과물은 점점 '완성'에 가까워집니다. 마음의 밭은 이모작, 삼모작이 아니라 백모작, 천모작도 가능합니다. 마음은 무한생산이 가능한 밭이니까요.

이화여대 연구실에서 최 원장의 책상을 본 적이 있습니다. 컴퓨터에 붙은 포스트잇에 '오늘 할 일'이 빽빽하게 적혀 있더군요. "저 많은 일을 어떻게 다 처리하지?" 싶더군요. 그는 여유가 넘쳤습니다. 실제 마감은 10일 후니까요. 마음의 밭은 여유가 있을수록 싹이 더 잘 올라옵니다.

뒤늦게 알았습니다. 베토벤도 그랬더군요. 악상이 떠오르면 스케치를 해놓고, 때로는 수년에 걸쳐 깎고 다듬었습니다. 실제 그의 악보는 하도 고쳐 쓰느라 알아보기 힘들 정도였다고 합니다. '악성樂聖'이란 칭호를 그냥 얻은 게 아니더군요.

매일 쫓기는 일상을 사시나요? 그럼 이제부터 '열흘 먼저' 살아보면 어떨까요. 혹시 아나요. "열흘 후에는 인생이 아주 쉽더라(After 10 days, life is so easy)"라고 말할는지. 그럼 이 원고는 언제 썼느냐고요? 잠깐만요, 전화가 왔습니다. "네에! 원고요? 벌써 마감시간을 넘겼다고요? 아, 거의 다 됐습니다. 5분 안에 넘길게요!"

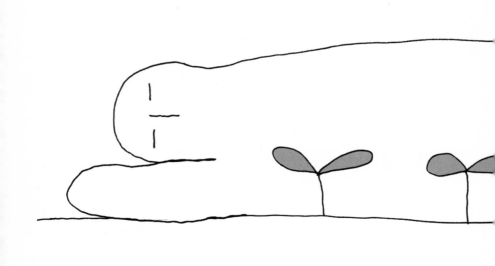

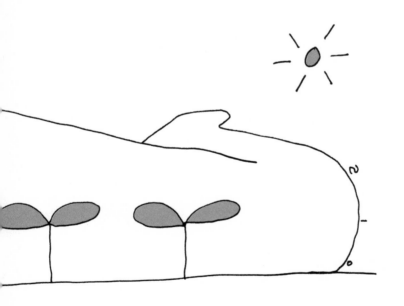

내.삶.의.
정.답.을.만.드.는.
힘.을.기.르.세.요.

연극배우들이 묻습니다. "감독님, 이 상황에서 제가 맡은 배역은 슬픈 겁니까, 아니면 기쁜 겁니까?" 국립극단 초대 예술감독을 역임한 손진책 대표는 이런 물음을 가끔 받습니다. 그러나 답을 주지 않습니다. 대신 "직접 생각해 보라"고 말합니다.

　이유가 있습니다. "어떻게 100퍼센트 기쁘고, 100퍼센트 슬플 때만 있느냐. 60퍼센트 기쁘면서 40퍼센트 슬플 수도 있고, 90퍼센트는 기쁜데 10퍼센트는 눈물이 날 수도 있다. 그런 복합적인 감정을 생각하고, 고민하고, 표현하는 것이 배우다." 명배우를 흔히 '천千의 얼굴을 가진 배우'라고 부릅니다. 그만큼 복잡하고 다채로운 감정을 표현합니다. 우리는 그런 배우에게 열광합니다. 왜냐고요? 실제 삶의 얼굴이 그러하기 때문입니다. 어떻게 100퍼센트 기쁨과 100퍼센트 슬픔만 있을 수 있을까요. 상가喪家에서도 웃음이 나오는 순간이 있고, 꿈을 이룬 순간에 하염없이 눈물만 흐를 수도 있습니다. 그걸 표현하는 게 배우가 풀어야 할 문제입니다.

어찌 보면 인생은 하나의 커다란 문제집입니다. 온갖 상황과 문제들이 페이지마다 담겨 있습니다. 친구 문제, 가족 문제, 교육 문제, 돈 문제, 직장 문제 등 종류도 다양합니다. 그런 문제 앞에 섰을 때 우리는 '정답'만 너무 중시합니다. 정답만 찾고, 정답만 묻고, 정답에만 매달립니다. 문제를 풀다가도 막히면 곧장 답지부터 들춥니다. 우리 사회는 정답이란 결과물을 최고로 치니까요.

찬찬히 따져보세요. 삶의 정답에는 두 종류가 있습니다. 남이 만든 정답과 내가 만든 정답입니다. 둘은 다릅니다. 달라도 엄청나게 다릅니다. "이 상황에서 제 배역은 슬픈 건가, 기쁜 건가?"라는 물음에 감독이 "기쁜 거다"라고 답했다면 어찌 될까요. 배우는 감독의 정답을 그대로 받아들일 겁니다. 그리고 100퍼센트 기쁜 표정을 짓겠죠. 거기에는 과정이 없습니다. 좌충우돌하는 오답의 과정이 없습니다. 남이 만든 정답만 따라 할 뿐입니다. 그런 배우에게서 슬픔과 기쁨이 버무려져 줄을 타는 표정이 나올 수 있을까요.

내가 만든 정답은 다릅니다. 지혜로운 감독은 "직접 생각해 보라"고 말합니다. 직접, 그건 인류사에서 수천 년간 내려오는 교육법의 핵심 키워드입니다. 가령 아이에게 방 청소를 시켜 보세요. 처음에는 청소기도 제대로 못 돌리고, 걸레질도 제대로 못합니다. 청소를 했다는데 방은 여전히 먼지투성이입니다. 이때가 중요합니다. 마음 급한 부모는 "됐어. 이리 줘. 대체 제대로 하는 게 뭐야!"라며 자신이 직접 해치웁니다. 다시 기회를 주지 않습니다. 왜 그럴까요. '깨끗한 방'이라는 정답만 중시하기 때문입니다.

지혜로운 부모는 다르죠. 기다립니다. 깨끗한 방이 정답이 아니니까요. 방을 깨끗하게 치울 수 있는 아이의 힘이 정답입니다. 그 힘은 한 번에 길러지지 않습니다. 좌충우돌과 시행착오를 거쳐야 합니다. 그걸 반복하며 아이는 청소기와 걸레, 그리고 먼지의 촉감과 성질을 조금씩 알아차리는 겁니다. 걸레를 빨고, 빗질을 하면서 사물을 접하고 이치를 터득하는 겁니다. 그게 아이의 근육이 됩니다. 그때는 깨끗한 방이 정답이 아닙니다. 아이의 시행착오가 정답입니다. 마음 급한 부모가 보는 오답이 그때의 정답입니다.

　천의 얼굴을 가진 배우도 똑같습니다. 그는 숱하게 묻습니다. 슬픈 걸까, 아니면 기쁜 걸까. 그렇게 오답의 언덕을 넘고, 또 넘다가 스스로 키우는 겁니다. 천의 얼굴이 아니라 천의 얼굴을 만드는 근육을 말입니다. 정답이 아니라 정답을 만드는 힘을 말입니다. 그런 힘이야말로 진짜 정답이 아닐까요. 빨간색 연필을 들고서 다시 물어봅니다. 내 삶에서 나의 채점 기준은 뭔가. 정답이 정답인가, 아니면 정답을 만드는 힘이 정답인가.

마.음.을.한.번.
크.게.써.보.세.요.

딸아이 둘이 다툽니다. "지난번에 언니가 안 빌려줬잖
아." "나는 빌려줬다고. 그 전에 네가 먼저 안 빌려줬잖
아." 갈수록 싸우는 소리가 커집니다. 도저히 안 되겠네
요. '심판'을 자청하며 아이 둘을 부릅니다. 자초지종을
묻습니다. "어디, 아빠가 이야기를 들어보자. 누가 먼저
싸움을 시작한 거야?" 동생이 말합니다. "언니가 이 인형
을 안 빌려줘. 나는 저번에 빌려줬는데." 언니가 반격합
니다. "아니, 그 전에 쟤가 먼저 안 빌려줬다고. 그런데 나

는 왜 빌려줘야 해?"

아빠는 공정해야 합니다. 심호흡을 한 뒤 '첫 단추'를 찾아갑니다. 자초지종을 파악해야 하니까요. 누가 먼저 잘못을 했는지 찾아야 합니다. 양쪽이 고개를 끄덕이는 심판, 그게 아빠의 역할입니다. "너는 그때 왜 안 빌려줬어?" 그럼 이야기가 더 거슬러 올라갑니다. "지난 여름방학 숙제 할 때 너도 색연필 안 빌려줬잖아." "그 전에 할머니 집에 갔을 때도 언니는 공책 안 빌려줬잖아." 아이고, 끝이 없습니다. 심판을 자청했다가 진퇴양난에 몰리고 말았습니다.

대체 누구 손을 들어줘야 할까요. 아무리 봐도 누가 먼저 잘못을 했는지, 더 크게 잘못했는지 알 수가 없습니다. 섣불리 "언니가 양보해야지"라고 했다가는 결과가 뻔합니다. "아빠는 알지도 못하면서" 하고 문을 꽝 닫고 들어갈지도 모릅니다. 그렇다고 "동생이 참아야지. 언니는 언니잖아" 했다가는 "아빠는 만날 언니 편이야. 오늘 아빠랑 안 자!"라고 할 게 뻔합니다. 아이들을 키우다 보면 수시로 부닥치는 풍경입니다. 대체 어떡해야 할까요. 다툼도 해결하고 두 아이 모두 고개를 끄덕이는 해법 말입니다.

소소해 보입니다. 그런데 결코 간단치 않은 문제입니다. 왜냐고요? 아이들은 자라면서 이런 상황을 숱하게 마주치게 될 테니까요. 그때는 색연필이나 인형을 빌려주는 단순한 차원이 아닐 겁니다. 좋은 것과 싫은 것, 내 편과 네 편, 내가 보는 선과 악을 놓고 다투게 될 테니까요. 그 상대가 친구가 될 수도 있고, 직장 동료나 경쟁자 혹은 부모나 자식이 될 수도 있습니다. 각자의 인생에서 마주칠 그런 문제들을 어떻게 풀어가야 할까.

먼저 짚어봤습니다. 무엇이 옳고, 무엇이 그른 걸까. 옳은 건 동생 쪽도 아니고, 언니 쪽도 아니더군요. 아이들이 싸우지 않고 사이좋게 잘 지내는 게 옳은 쪽이었습니다. 생각 끝에 이렇게 말했습니다. "언니 말이 맞을 수도 있고, 동생 말이 맞을 수도 있다. 그런데 아빠가 보기에는 그보다 더 중요한 문제가 있다. 그건 너희 둘 다 작은 마음을 쓰고 있다는 거야. 언니 말이 맞다고 해도 싸워야 하고, 동생 말이 맞다고 해도 싸워야 하잖아. 결국 둘 다 마음 상하고, 한 명은 눈물을 흘리게 될걸." 씩씩거리던 아이들이 저를 쳐다보며 눈이 동그래졌습니다. 지금껏 내놓았던 '아빠표 얼렁뚱땅 해법'과 좀 달랐나 봅니다.
"솔직히 아빠는 누가 옳고, 누가 틀린지 모르겠어. 중요한 건 너희가 싸우지 않는 거야. 그러려면 너희가 큰 마음을 써야 해.

190

내가 옳다, 동생이 옳다고 따지는 마음보다 더 큰 마음. 내가 옳은데도 양보할 수 있는 마음. 그걸 써야 해. 쉽진 않아. 할 수 있겠어?" 동생이 노려보며 묻습니다. "내가 왜 그런 마음을 써야 해?" "그래야 네가 큰 사람이 되니까. 마음이 큰 사람이 되면 얼마나 좋겠니. 그렇게 되려면 지금부터 큰 마음을 쓸 줄 알아야지. 그런 마음을 한 번씩 쓸 때마다 너희 마음이 더 커지는 거야." 반격이 날아올 줄 알았습니다. 뜻밖에 조용합니다. 수긍하더군요. 거기서 싸움이 그쳤습니다. 저는 속으로 말했습니다.

"앗싸! 간만에 아빠 노릇 했네."

방.탄.조.끼.를.
훌.훌.벗.어.보.세.요.

베네딕토 16세는 교황에 즉위한 이듬해 터키로 갔습니다. 방문 이틀 전에 2만 명의 무슬림이 터키에서 반대 시위를 했습니다. 교황은 겉옷 안에 방탄조끼를 입었습니다. 방탄유리로 된 교황 의전용 차량이 못 미더워 강철로 된 특수 방탄 차량을 썼습니다. 교황 방문지에는 테러에 대비한 정예 저격수와 폭탄 처리 전문가, 대테러 요원 등이 배치됐습니다.

프란치스코 교황은 이걸 거부했습니다. "방한 때 방탄

차량을 써달라"고 제안했더니 교황청 고위 성직자는 이렇게 답했답니다. "그럼 교황님이 한국에 안 가실걸요." 그만큼 프란치스코 교황의 방침이 확고하다는 뜻입니다.

대체 이유가 뭘까요. 프란치스코 교황은 역대 어느 교황도 성공하지 못했던 바티칸 개혁을 시도 중입니다. 내부의 적이 꽤 있습니다. 또 이탈리아 마피아를 향해 파문을 선언했습니다. 암살 위험도 있습니다. 그런데도 그는 보호막을 치지 않습니다. 방탄조끼도 방탄차량도 거부합니다. 왜 그럴까요.

해석은 여럿입니다. 어느 주교에게 물었더니 "연세가 78세다. 그 나이에 무엇이 두렵겠나?"라고 하고, 또 어떤 신부는 "오지에서 목숨을 걸고 일하는 신부와 수녀들도 있는데, 어떻게 당신의 목숨만 챙길 수 있겠는가"라고 말합니다. 가만히 생각해봅니다. 아무래도 거기에는 더 깊은 이유가 있을 것 같습니다.

방탄防彈. 말 그대로 총알을 막는 일입니다. 총알이 대체 뭘까요. 총구에서 날아오는 금속 덩어리만 총알일까요. 우리의 삶에서도 총알은 수시로 날아옵니다. 우리는 거기에 맞고, 피 흘리고, 상처 입고, 아파합니다. 그래서 다들 방탄복을 찾습니다. 좀 더 안전하게 살기를 바랍니다. 그러다 결국은 깨닫게 됩니다. 그런 삶은 세상 어디에도 없다는 걸 말입니다. 사방에서 날아오는 총알을 모두 피할 수는 없으니까요.

저는 다시 묻습니다. 그리스도교에서 방탄이란 뭘까. 총알을 막는 진짜 방법은 뭘까. 예수는 그걸 몸소 보여줬습니다. 우리의 방식과 정반대입니다. 우리는 방탄조끼를 입고, 그 위에 또 하나 껴입고, 그 위에 또 하나 껴입습니다. 둔해진 몸으로 어디서 날아올지 모르는 총알에 덜덜덜 떨면서 말입니다. 예수의 방식은 다릅니다. 그는 방탄조끼를 벗습니다. 하나를 벗고, 또 하나 벗습니다. 그렇게 계속 벗은 자리가 바로 십자가입니다. 알몸으로 매달린 예수는 그곳에서 자신의 생명까지 벗었습니다.

그런 예수를 향해 총을 쏘아 보세요. 예수가 과연 총에 맞을까요. 아닙니다. 그는 총에 맞지 않습니다. 십자가에서 자신의 목숨까지 내어준 이에게는 '내 뜻'이 없으니까요. '아버지 뜻'만 있습니다. 그러니 어떻게 예수를 맞힐 수가 있겠습니까. '내 뜻'이 없는 이는 '나'도 없는데 말입니다.

가만히 짚어보세요. 프란치스코 교황은 숨지 않습니다. 방탄의 유리, 방탄의 철갑을 몸에 두르지 않습니다. 오히려 방탄조끼를 벗고, 방탄차 밖으로 나갑니다. 사람들은 그걸 "파격이다" "용기가 넘친다"고 말합니다. 제 눈에는 그저 십자가를 향한 걸음걸이로 보입니다. 하나를 벗고, 또 벗고, 또 벗어서 십자가를 찾아가는 겁니다. 모두가 벗어진 자리, 거기야말로 완전한 방탄의 자리니까요. 삶에서 날아오는 모든 총알로부터 자유로운 자리 말입니다.

프란치스코 교황은 "자신의 마음을 찢으라"고 강조합니다. '나'를 지키는 방탄조끼를 찢으라는 말입니다. 방탄조끼를 찢고, 방탄 유리를 찢고, 방탄차를 찢을 때 우리는 십자가를 만나니까요. 어쩌면 마피아가 교황을 섣불리 건드리지 못하는 것도 그가 오히려 조끼를 벗어버리기 때문이 아닐까요. 그곳이야말로 총알이 닿지 않는 자리니까요.

일.흔.번.씩.

일.곱.번.

용.서.하.세.요.

"아니, 어떻게 신문의 1면 톱 제목이 틀릴 수 있나요?"

독자에게서 메일이 몇 통 왔습니다. 명동성당 평화미사에서 프란치스코 교황이 "죄 지은 형제를 일흔일곱 번이라도 용서하라(마태오복음 18장 21~22절)"고 한 대목때문입니다. 개신교 신자들은 "'일흔일곱 번'이 아니라 '일흔 번씩 일곱 번을 용서하라'가 아니냐?"고 되묻습니다. 실제 개신교 성경에는 그렇게 표기돼 있습니다. 가톨릭 성경과 다릅니다.

왜 그런 차이가 생겼을까요. 성서신학을 전공한 차동엽 신부는 "처음 성경이 그리스어로 기록될 때 아라비아 숫자를 쓰지 않았다. 대신 약속된 알파벳으로 숫자를 표기했다. 가령 알파벳 문자로 '7·10·7'이라고 적은 셈이다. 가톨릭에선 그걸 있는 그대로 읽어서 '칠·십·칠(77)'로 해석하고, 개신교에서는 숫자 사이에 생략된 산술 부호가 있다고 보고 '7×10×7'로 본 거다. 예수님의 평소 어법에 비춰볼 때 '일흔 번씩 일곱 번'이 더 맞다고 본다"고 설명했습니다.

사실 횟수는 중요치 않습니다. 예수가 강조한 것은 용서이기 때문입니다. 무한한 용서, 말은 참 쉽습니다. 사람들은 "아니, 어떻게 미운 사람을 490번이나 용서할 수 있나. 그건 성자인 예수에게나 가능한 일이 아니냐"고 반박합니다.

억울하고 원통한 일을 당한 사람은 종종 화병이 생깁니다. 생각하면 생각할수록 분해서 결국 병이 나는 겁니다. 심장에 열이 나고, 마음에 열이 나는 병입니다. 사람들은 대부분 상대방을 향해서 분노의 독기를 쏟아냅니다. 그런데 왜 상대방이 병이 나는 게 아니라 내가 병이 나고 마는 걸까요. 나는 상대방을 겨누고 독기의 화살을 쏘았는데, 정작 그걸 맞고 쓰러지는 건 왜 내가 돼야 하는 걸까요.

이제 슬슬 이해가 되기 시작합니다. 예수가 왜 "일흔 번씩 일곱 번 용서하라"고 했는지 말입니다. 지지고 볶는 일상을 사는 우리가 무슨 대단한 성자도 아닌데 왜 그토록 많이 용서를 해야 하는지 말입니다.

가만히 짚어보세요. 우리가 일흔 번씩 일곱 번 용서하기 전에 무언가 있어야 합니다. 그게 뭘까요. 맞습니다. 일흔 번씩 일곱 번 올라오는 독기입니다. 그런 독기가 올라올 때마다 예수는 용서하라고 말한 겁니다. 만약 독기가 일흔 번씩 일억 번 올라온다면 어찌해야 할까요. 답은 간단합니다. 일흔 번씩 일억 번 용서하면 됩니다.

대체 왜 그럴까요. 왜 예수는 우리에게 '무한 용서'를 강조하는 걸까요. 한 번 용서하는 것도 버거운데, 끝도 없이 용서하라고 말하는 걸까요.

그 이유를 알려면 독기의 유통경로를 살펴봐야 합니다. 가만히 따져보세요. 남을 미워할 때, 남에게 분노할 때 내 안에서 독기가 올라옵니다. 그 독기는 먼저 어디로 흐를까요. 맞습니다. 내 안으로 먼저 흐릅니다. 나를 먼저 적시고, 나를 먼저 채우고, 나를 먼저 취하게 합니다. 그런 다음에 상대방에게 날아갑니다. 그러니 상대방이 화살을 맞기 전에 내가 먼저 화살을 맞아야 합니다. 그걸 피할 수는 없습니다. 스스로 만든 화살에 스스로 표적이 돼야만 합니다. 그게 독기와 분노가 흘러가는 유통경로이기 때문입니다.

결국 예수는 누구를 위해 용서하라고 말한 걸까요. 맞습니다. "너 자신을 위해 용서하라"고 말한 겁니다. 예수의 눈에는 네가 당긴 분노의 화살이 어디로 날아갈지, 1차 표적이 어디가 될지가 너무도 빤히 보이기 때문입니다. 그래서 말했습니다. "일흔 번씩 일곱 번 용서하라."

여러분 생각은 어떠세요. 자신의 가슴을 향해 정면으로 날아오는 독기의 화살을 몇 차례까지 막을 수 있습니까. 일흔 번인가요, 아니면 일곱 번씩 일흔 번인가요. 그도 아니면 끝도 없이 무한대로 막을 생각이 있으신가요. 그 숫자가 바로 예수가 상대를 용서하라고 말한 횟수와 겹치는 겁니다. 결국 용서는 남을 해독하기 전에 나를 먼저 해독합니다. 그걸 깊이 이해한다면 무한한 용서도 가능하지 않을까요.

눈.이.아.닌.마.음.을.
먼.저.보.세.요.

그는 작았습니다. 차도 작고, 숙소도 작고, 방명록에 남긴 글씨까지 작았습니다. 그럼에도 그는 컸습니다. 바닥이 보이지 않을 만큼 낮추는 겸손이 컸고, 아픈 사람을 끌어안는 가슴이 컸고, 인간과 세상을 바라보는 눈이 크고, 또 깊었습니다.

프란치스코 교황의 방한 일정은 매우 빡빡했습니다. '살인적인 일정'을 소화하면서도 교황은 웃음을 잃지 않았습니다. 서두르지도 않았습니다. 자기 앞에 선 사람에게 모든 에너지를 집중했습니다. 다들 혀를 내둘렀습니다. 방한 당시 교황은 78세였습니다. "초인적인 행보다. 저 나이에, 어디서 저런 에너지가 나올까?" 그런 힘의 출처는 대체 어디일까요.

젊었을 적에 프란치스코 교황은 신학교행을 결심했습니다. 어머니는 반대했습니다. 5남매 중 장남을 사제로 보내고 싶어 하지 않았습니다. 할머니는 달랐습니다. 찬성했습니다. 대신 이렇게 말했습니다. "그곳에 가서 재미가 없다면 언제든지 다시 나와라. 네가 나온다고 비난할 사람은 아무도 없다." 아르헨티나에서 교황과 오랜 시간을 함께 보냈던 문한림 주교는 '재미'에 방점을 찍더군요. "그게 바로 프란치스코 교황이 지치지 않는 이유다. 내가 하는 일에서 재미를 찾는 것, 그건 기쁨을 찾는 일이다. 그걸 일러준 교황의 할머니께선 아주 지혜로운 분이셨다"고 말하더군요.

그 말을 듣자 고개가 끄덕여졌습니다. 사명감이나 의무감은 늘 한계가 있습니다. 언젠가 지치게 마련입니다. 그게 종교든, 정치든, 공부든, 직장이든 마찬가지입니다. 대신 거기서 기쁨과 즐거움을 찾는다면 달라집니다.

한국 수도자들을 만났을 때 교황은 '기쁨'에 대해 말했습니다. "기쁨은 삶의 모든 순간에서 드러나진 않는다. 특히 어려움에 처했을 때는 더 그렇다. 그러나 기쁨은 단 한 줄기의 빛일지라도 늘 우리 곁에 있다."

  서울 서소문 순교성지. 불과 3미터 거리에서 '교황의 눈'을 봤습니다. 신자들은 1미터 높이의 차단벽 뒤에 서 있었습니다. 기도를 마친 교황은 일일이 손을 잡으며 그들의 눈을 찾더군요. 눈과 눈이 마주쳤습니다. 사람을 만날 때마다 교황은 상대의 '눈'을 쳐다봤습니다. 이 세상에 오직 그 사람만 존재한다는 듯이. 아무리 짧은 순간이라도 그랬습니다.
  사실 그건 눈이 아니었습니다. 마음이었습니다. 그가 뚫어지게 바라본 건 상대방의 마음이었습니다. 교황은 이렇게 말했습니다. "상대방에게 우리의 생각과 마음을 열 수 없다면 진정한 대화란 있을 수 없다." 교황은 거기서 멈추지 않더군요. 더 들어가라고 요구했습니다. "상대방이 하는 말만 들어선 곤란하다." 말의 뒷면까지 보라고 했습니다. "말로 하지는 않지만 전해오는 그들의 경험과 소망, 고난과 마음 깊이 담아둔 걱정까지 들을 수 있어야 한다." 그건 곳곳에서 동맥경화 증세를 보이는 대한민국을 향한 교황의 통찰이자 소통의 노하우이기도 했습니다.

우리 사회는 둘로 쪼개져 있습니다. 진보와 보수, 가진 자와 못 가진 자, 기성세대와 젊은 세대…. 대립과 반목의 창을 통해서 종종 상대를 바라봅니다. 둘 사이에는 좀체 '다리'가 보이지 않습니다. 프란치스코 교황은 '다리 놓는 법'을 직접 보여줬습니다. 방법은 간단하더군요. 상대에게 눈을 맞추고, 마음을 맞추는 일입니다. 교황은 그렇게 생겨난 공감이야말로 모든 대화의 출발점이라고 강조했습니다.

　혹자는 말합니다. 프란치스코 교황이 방한을 통해 대한민국에 실제로 던져준 해결책은 없지 않느냐고. 어쩌면 교황은 그보다 더 큰 걸 우리에게 선물했습니다. 역사의 아픔, 분단의 상처, 좌우의 갈등을 가득 실은 대한민국호가 어디로 가야 할지를 보여줬습니다. 그건 바로 삶의 기쁨과 화해의 소통입니다. 교황이 남긴 메시지가 캄캄한 밤, 길을 잡는 북극성처럼 반짝입니다. 이제는 우리가 노를 저을 차례입니다. 그 별을 따라서.

자.신.에.게.
계.속.
물.음.을.던.지.세.요.

얼마나 황당했을까요. 서울 강남세무서 창구로 한 목사
가 찾아왔습니다. 목사는 다짜고짜 "세금을 내겠다"고
했습니다. 종교인은 납세의 의무가 없으니 세금을 내지
않아도 된다고 설명했습니다. 그래도 목사는 "세금을 받
아달라"고 고집했습니다. 세무서 직원은 골치가 아팠습
니다. 종교인 납세에 대한 규정이 없으니까요. 일일이 관
련 자료를 찾거나 조언을 구하며 일을 처리해야 했습니
다. 몇 번이나 "굳이 세금을 안 내도 된다. 오히려 우리가

번거롭다"고 말렸습니다. 목사는 "국민의 의무를 다하겠다는데, 공무원이 그걸 안 받으면 직무유기 아니냐"고 따졌습니다. 결국 세금을 냈습니다. 그해만 그랬던 게 아닙니다. 그 목사는 1988년부터 10년간 세금을 냈습니다. 그 후에 다시 교회를 개척한 뒤에도 지금껏 계속 세금을 내고 있습니다.

그가 누구냐고요? 100주년기념교회의 이재철 목사입니다. 목회자가 되기 전 그는 사업가였습니다. 그때도 그랬습니다. 세금은 단 한 푼도 빠짐없이 꼬박꼬박 냈습니다. 참 이해가 안 갑니다. '세금을 잘 냈다'는 걸 훈장으로 여기는 걸까요. 다들 '어떡하면 세금을 좀 줄일 수 있을까?' 하며 궁리를 하는데 말입니다. 그렇지 않나요. 자동차세 고지서가 날아올 때도, 재산세 고지서가 날아올 때도 사실 달갑지는 않습니다. 왠지 괜한 '생돈'이 나가는 느낌입니다. 손해 보는 기분입니다.

이 목사에게 물었습니다. 왜 그렇게 세금을 꼬박꼬박 내느냐고. 그는 "그건 더불어 살기 위한 '첫 번째 나눔'이다"고 말했습니다. 저는 충격을 받았습니다. 왜냐고요? 제가 생각하는 나눔은 달랐거든요. 연말 구세군 냄비에 지폐를 넣고, 환경단체의 후원자가 되고, 종교시설에 헌금과 보시를 하고, 지하철에서 적선을 하는 게 나눔인 줄 알았습니다. '세금=나눔'이란 생각은 한 번도 해본 적이 없었습니다. 이 목사는 그런 건 두 번째 나눔이고, 세금을 제대로 내는 일이야말로 첫 번째 나눔이라고 하더군요.

돌아오는 길, 곰곰이 생각했습니다. 왜 그랬을까. 나는 왜 지금껏 그런 생각을 한 적이 없었을까. 그저 '납세는 국민의 의무'라고만 달달 외웠습니다. 사회 과목 시험을 보기 위해서 말입니다. 저는 한 번도 물은 적이 없더군요. '세금이란 게 대체 뭔가' '나는 왜 세금을 내야 하나'. 그런 물음을 자신에게 던진 적이 없었습니다.

세금뿐만 아닙니다. 이유를 모를 때 사는 것도 힘이 듭니다. 아이들도 그렇습니다. "왜 학교에 가야 해?" "왜 학원에 가야 해?" "왜 숙제를 해야 해?" 이유를 모르니 고통입니다. 부모들도 거기에 답을 못합니다. 왜냐고요? 자신에게 그런 물음을 던져본 적이 없기 때문입니다. "왜 그럴까? 네가 생각하는 이유는 뭐니? 공부가 네게 왜 필요한 것 같아?"라고 끊임없이 되묻지 않습니다. 그걸 통해 스스로 이유를 찾게 하진 않습니다.

어쩌면 우리는 두 번째 단추에만 너무 익숙합니다. 그동안 앞만 보고, 결과만 보고 달려왔으니까요. 지금도 그렇게 달리고 있으니까요. 이제는 첫 단추를 돌아봐야 하지 않을까요. "세금이 뭔가?" "나는 왜 세금을 내야 하나?" 그렇게 자신에게 물어봐야 하지 않을까요. 그렇게 물을 때 비로소 우리는 이유를 찾고, 의미를 찾을 수 있습니다. 그렇게 우리 사회 모든 분야에서 "왜?"라는 물음이 쏟아져야 하지 않을까요.

풀도, 나무도, 사람도, 국가도 똑같습니다. 이유를 모르면 쉽게 쓰러집니다. 뿌리가 얕기 때문입니다. "왜?"라고 한 번 물을 때마다 뿌리가 땅속으로 한 뼘씩 자랍니다. 그렇게 묻고, 그런 물음에 스스로 답을 해야 합니다. 그럴 때 비로소 우리 사회는 뿌리 깊은 나무가 됩니다. 뿌리 깊은 나무들이 사는 숲이 됩니다.

화.해.의.
악.수.를.
건.네.세.요.

경북 왜관의 성 베네딕도 수도원에 갔습니다. 왜관역에
서 걸어서 불과 5분 거리입니다. 이유가 있더군요. 언제
든 짐을 싸서 북한으로 돌아가기 위해서랍니다. 베네딕
도 수도원은 원래 북간도와 함경남도 원산에서 활동했습
니다. 한국전쟁이 터지자 많은 이들이 순교하거나 수용
소에서 고초를 당했습니다. 마지못해 피란을 와서 잠시
정착한 곳이 왜관이었습니다. 언제든 돌아가려고 일부러
역 근처에 자리를 잡았다고 합니다. 그런데 어느덧 '정전

60년'이 돼 버렸습니다. 지금 수도원에는 원산을 기억하는 외국인 노수사가 딱 두 명 있다고 합니다. 베네딕도 수도원에도 현대사의 가슴 아픈 상처가 박혀 있더군요.

도법 스님을 거기서 만났습니다. '화쟁 코리아 100일 순례'를 하고 있는 그가 30여 명의 순례단과 함께 수도원에 들어섰습니다. 순례단은 수도원 성당 옆 뜰에서 빙 둘러앉아 절을 하더군요. 한 번씩 절을 할 때마다 녹음기에서 메시지가 흘러나왔습니다. "항상 역사의 진실을 기억하지만 역사로부터 자유로워질 것을 생각하며 절을 올립니다." 그렇게 1배. "사회 문제의 책임이 양심을 따르지 않는 자신, 종교인, 지식인에게 있음을 직시하며 절을 올립니다." 또 1배. 그런 식으로 100개의 메시지를 따라서 100배를 하더군요. 그 모든 메시지와 기도는 한 곳을 향하더군요. '화쟁和諍'.

이날 아침 도법 스님은 박정희 전 대통령 생가를 찾았습니다. 순례단은 거기서도 100배를 했습니다. 그리고 낙동강을 따라서 6시간을 걷다가 수도원으로 왔습니다. 도법 스님은 걸으면서 자신에게 물었답니다. '과거에는 산업화가 시대적 열망이었다. 그 다음에는 민주화가 시대적 열망이었다. 그럼 지금은 뭔가.' 이 물음에 스님은 '화쟁'이라는 답을 길어 올렸습니다. 곳곳에서 갈라지고, 찢어지고, 다투고 있는 우리 사회에 가장 필요한 시대적 열망이 다름 아닌 '화쟁'이라고 말입니다.

제주에서 출발한 도법 스님은 25일째 순례 중이었습니다. 거제 포로수용소를 찾아 좌익과 우익으로부터 당한 이들, 모두를 위한 합동위령제도 올렸습니다. 그곳에는 참전용사회도 오고, 재향군인회도 왔습니다. 거제 성당의 신부들도 왔습니다. 이들은 시국미사 때 성당 안과 밖에서 심각하게 대치하던 사람들입니다. "어? 저 신부님도 왔네" "아니, 저 사람도 왔네"라며 상대를 알아보고 처음으로 대화를 나누었답니다. 거기서 다들 "싸우니까 우리도 힘들다. 대화로 풀자"며 속마음을 털어놓았답니다. 송전탑 문제로 갈등을 빚고 있는 밀양도 찾았습니다. 한전 사업본부 측도 만나고, 송전탑반대대책위 사람들도 만났답니다. 그들 역시 "정말 대화로 풀었으면 좋겠다"고 했답니다.

도법 스님은 바다 현장으로 갈수록 정확한 마음이 읽힌다고 했습니다. 그게 현장의 진정한 바람이라고 말입니다. 보수와 진보라는 추상적 개념의 거대한 고래 싸움 때문에 현장의 새우들만 오히려 등 터지고 있다고 지적하더군요.

도법 스님은 순례단과 함께 수도원의 저녁 미사에도 참석했습니다. 제단 위에는 십자가가 걸려 있었습니다. 파르라니 머리 깎은 스님이 그 아래서 묵상을 했습니다. 미사가 끝나자 인영균 신부는 "많이 걸으셨죠? 일용할 양식부터 급하다"며 수도원 식당에서 저녁 식사를 대접했습니다. 수사들이 직접 담근 김치와 직접 지은 밥으로 말입니다. 도법 스님은 계란 프라이와 북엇국은 절집에선 안 나오는 메뉴인데 외식하는 기분이라며 웃었습니다. 그리고 수도원에서 묵었습니다.

저는 이날 화해의 악수를 봤습니다. 나와 다른 이념, 나와 다른 자연관, 나와 다른 종교를 향해 건네는 화쟁의 악수 말입니다. 1400년 전에 '화쟁'을 부르짖었던 원효 대사는 그 결과물을 '일심一心'이라고 불렀습니다. 지금 한국 사회가 애타게 찾는 마음입니다.

인.연.에.
선.을.긋.지.마.세.요.

"다시 태어난다면 지금 배우자와 결혼하실 건가요?"

종종 사람들이 묻습니다. 애꿎은 질문이 되기도 하고, 정겨운 물음이 되기도 합니다. 원불교 창시자인 소태산 (1891~1943) 대종사 시절에도 그런 교도가 있었습니다. 부부 사이가 나빴던 그는 늘 남편을 미워했습니다. "다음 생에는 절대 부부의 인연을 맺지 않겠다." 주위 사람들에 입버릇처럼 말했습니다. 그 말을 들은 대종사가 비법을 일러줬습니다. "남편과 다시 인연을 맺지 않으려면, 미워하는 마음도 사랑하는 마음도 다 두지 말고 오직 무심無心으로 대하라."

그 교도의 표정이 어땠을지 궁금합니다. "남편이 싫어" "남편이 미워"라고 할수록 멀어지리라 생각했을 겁니다. 저만치 멀어지고 멀어져서 다음 생에는 절대 만나지 않으리라 여겼을 겁니다. 대종사의 진단은 예상 밖이었습니다.

이게 맞는 말일까요, 틀린 말일까요. 확인은 어렵지 않습니다. 우리 일상에서도 다들 그런 경험이 있습니다. "제발 저 사람이랑 마주치지 않았으면 좋겠다." 그럴 때는 꼭 마주치게 됩니다. 생각지도 못한 버스 정류장에서 불쑥 나타나고, 아무도 없는 엘리베이터 안에서 둘만 서 있기도 합니다. 그럴 때면 "참, 귀신 곡할 노릇이네. 저 사람만 안 마주치면 좋겠는데"라며 한숨을 쉽니다.

왜 그럴까요. 인연은 일종의 선 긋기입니다. A라는 사람을 생각하면 나와 A 사이에 선을 한 번 긋는 겁니다. 두 번 생각하면 두 번 긋는 겁니다. 깊이 생각하면 선도 깊게 그어집니다. 많이 생각할수록 선도 굵어집니다. A를 좋아해도 긋는 거고, A를 미워해도 긋는 겁니다. 그렇게 쌓인 선의 두께가 인연의 두께입니다. 그래서 대종사는 남편을 미워할수록 인연의 밧줄을 당기고 당겨서 더 달라붙게 된다고 한 겁니다.

저는 소태산 대종사의 해법이 흥미롭습니다. "미워하지 말고 좋아해라"가 아니라 "오직 무심으로 대하라"고 했거든요. 미워하는 마음을 뒤집어 보세요. 거기에는 접착제가 발라져 있습니다. 좋아하는 마음도 뒷면은 끈적끈적합니다. 대종사는 마음을 자유롭게 쓰긴 쓰되 접착제는 바르지 말라고 했습니다. 그게 무심이니까요. 무심과 무관심은 다릅니다. 무관심은 마음을 아예 쓰지 않는 거죠. 무심은 마음을 쓰되 자국이 남지 않는 겁니다.

원불교뿐만 아닙니다. 불교도, 그리스도교도 이 접착제를 녹이려고 애를 씁니다. 불교에선 그걸 '참회'라 부르고, 그리스도교에선 '회개'라고 합니다. 예수도 이 접착제에 대해서 말했습니다. "마음이 가난한 사람들, 하늘나라가 그들의 것이다." 가난한 마음이 뭘까요. 접착제가 없는 마음입니다. 그럼 왜 하늘나라가 그들의 것일까요. 이미 답이 나왔습니다. 마음에 접착제가 없을 때 하늘나라가 드러나기 때문입니다.

우리는 종종 착각합니다. 미워하는 마음의 접착제만 떼어내려 합니다. 그건 대종사의 처방전을 반쪽만 적용하는 셈입니다. 좋아하는 마음도 마찬가지입니다. 접착제가 발라진 모든 마음은 자국을 남깁니다. 그럼 무심이 되질 않습니다.

차동엽 신부를 만난 적이 있습니다. 그는 예수의 산상수훈을 풀면서 "가난한 마음은 무언가를 소유하려 하지 않고 그냥 누리는 것"이라고 했습니다. 접착제 없이 좋아하고, 접착제 없이 미워할 수 있다고 말입니다. 그게 누리는 거라고 하더군요.

그저께 식탁에서 이 원고를 쓰고 있었습니다. 지나가던 아내가 어깨 너머로 슬쩍 읽더군요. 그날부터 저를 참 편안하게 대해줍니다. 무심하게 말입니다. 아무리 생각해도 잘 모르겠습니다. 무슨 이유일까요.

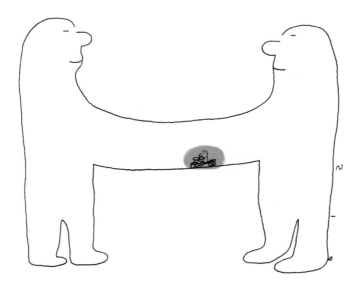

배.설.의.

지.혜.를.

발.견.하.세.요.

중국에 황대구黃大口라는 스님이 있었습니다. 입이 너무 커서 별명이 '대구大口'였습니다. 하루는 그가 삼평三平 선사를 찾아갔습니다. 선사가 물었습니다. "입이 크다는 소문을 익히 들었습니다. 대체 입이 얼마나 크기에 그렇게 불립니까?" 우쭐해진 대구 스님이 말했습니다. "하하하, 온몸이 다 입이라면 대답이 되겠습니까?" 그 말을 들은 삼평 선사가 한마디 던졌습니다. "그렇다면 똥은 대체 어디로 눕니까?" 느닷없는 물음에 황대구 스님은 말문이 막히고 말았습니다.

언뜻 들으면 '빅 마우스' 스님의 허풍을 꼬집은 유머입니다. 찬찬히 들여다보면 다릅니다. 유머가 아니라 법문입니다. 사실 저도 '큰 입ㅊㅁ'을 가지고 삽니다. 그래서 많이 먹고, 많이 붙들고, 많이 삼키려 합니다. 몸에 좋다고 할수록 더합니다. "화학 조미료가 없다더라" "자연산이라더라" "국내산이라는데". 다들 잘 먹는 일을 최고로 칩니다. 거기에 건강한 삶이 있다고 믿으니까요. 그런 우리를 향해 삼평 선사는 세월을 훌쩍 뛰어넘어 말합니다. 잘 먹는 것만 보지 말고 '잘 싸는 것'도 보라고 합니다.

그리스도교인들은 종종 "하느님(하나님)께 영광을 돌린다"고 말합니다. 축구 경기에서 결승골을 넣은 뒤에도, 방송사의 연말 시상식장에서 건네는 수상 소감에서도 "하느님께 영광을 돌린다"는 멘트를 던집니다. 거부감을 느끼는 이도 있습니다. "모든 걸 저렇게 종교적으로 해석해야 하나. 해도 너무 한다"는 반응입니다. 당사자들은 대개 "내가 잘되는 건 하느님의 은혜다. 그러니 감사를 드려야지"라는 생각입니다. 감사의 방식이 때로는 너무 적극적이라 공격적으로 비치기도 합니다.

저는 궁금합니다. 그럼 하느님은 우리 팀만 돕는 걸까요. 만약 상대팀에 나보다 더 독실하고, 더 간절하게 기도한 그리스도교인이 있다면 어떻게 해석해야 하나요. 그가 패한 것은 하느님의 뜻인가요. 그럼 우리는 왜 이겼을 때만 하느님께 감사를 드릴까요. 패하는 것도 하느님의 뜻이라면 감사를 드려야 하지 않을까요. 어쩌면 우리는 '승리의 하느님'만 찾고 있는 건 아닐까요. '패배의 하느님'은 굳이 외면하면서 말입니다.

"모든 영광을 하느님께 돌린다." 저는 이 구절을 묵상합니다. 여기에는 훨씬 깊은 의미가 담겨 있습니다. 이건 그리스도교식 배설법입니다. 결승골의 영광, 수상의 영광을 자꾸 자신에게 돌리면 어떻게 될까요. 내 입이 점점 커집니다. 욕망이 커지고, 뿌듯함이 커지고, 자존심도 세져서 결국 거대한 입을 가진 '대구'가 되고 맙니다. 나중에는 온몸이 입이 될지도 모르죠. 밥 들어가는 입구만 있고 똥 나오는 출구는 없는 '대구' 말입니다.

따져봅니다. 밥 먹는 식탁과 볼일 보는 화장실, 어디가 더 중요할까요. 맞습니다. 둘 다 중요합니다. 숨 쉴 때도 그렇습니다. 들숨만 있으면 어떻게 될까요. 나중에는 풍선처럼 부풀고 부풀어서 '빵!' 하고 터져버릴지도 모릅니다. 그래서 삼평 선

222

사가 꼬집었습니다. "그럼 똥은 어디로 누는가?" 날숨은 언제 내쉬느냐고 말입니다.

얼마 전 100주년기념교회의 이재철 목사를 만났습니다. 그는 암 수술을 받고 회복 중이었습니다. 암이란 진단 결과를 처음 전한 이에게 이 목사가 꺼낸 첫 마디는 "감사합니다"였습니다. 저는 거기서 배설의 지혜를 봅니다. 영광만 돌리는 게 아니더군요. 기쁨도, 고통도, 슬픔도 내 안에 쌓아두지 않더군요. 왜냐고요? 배설되지 않은 영광, 배설되지 않은 고통은 에고를 키우는 영양제니까요. 그게 늘 신을 가립니다. 돌아오는 길에 자신을 향해 묻게 되더군요. 나는 어디로 똥을 누는가.

삶.의.기.준.을.
'채.움'.에.서.
'비.움'.으.로.
바.꾸.어.보.세.요.

입사 후 몸무게가 10킬로그램 늘었습니다. 자신도 모르게 과식 습관이 생겼습니다. 턱살은 처지고, 아랫배는 늘 빵빵합니다. 건강검진 때마다 조마조마합니다. 바늘이 '과체중'이라고 표시된 선을 훌쩍 넘고서도 한참이나 달려갈 때의 심정, 혹시 아시나요. 결과지를 받을 때마다 고개를 떨굽니다. "새해에는 몸무게를 줄여야지." 다이어트도 하고, 운동 계획도 세웁니다.

첫날은 좋고, 이튿날은 더 좋습니다. 문제는 항상 사흘

째입니다. 점심때는 공깃밥 반을 남기고, 저녁에도 간단하게 요기를 합니다. 뿌듯합니다. '이대로 가면 체중 감량은 절로 되겠네.' 밤 10시가 되자 출출해집니다. '꼬르륵' 소리가 납니다. 냉장고 문을 엽니다. 맛살이 있네요. 이 정도는 괜찮겠지. 꺼내서 홀러덩 집어 먹습니다. '오늘도 성공이다. 저녁 식사를 이 정도로 막았으니.' 밤 12시가 됐습니다. 잘 시간인데 배 안에서 어마어마한 공허감이 밀려옵니다. 끝을 알 수 없는 허전함입니다.

갑자기 라면 생각이 납니다. 김이 모락모락 나는 라면 한 그릇. 거기에 계란 하나 톡! 그래도 마음은 끄떡도 안 합니다. 이 정도에 흔들리지 않습니다. 몸은 다릅니다. 벌써 냄비에 물을 받고 있습니다. 항상 문제입니다. 마음 따로, 몸 따로.

다시 냉장고를 엽니다. 계란 옆에 햄이 있습니다. "이 정도는 괜찮겠지." 햄 옆에는 어묵도 있습니다. 그것도 부산어묵입니다. 간단하게 끓이려던 라면은 졸지에 김이 모락모락 나는 부대찌개가 됩니다. 그렇게 맛날 수가 없습니다. 밤 12시 30분. 터지려는 아랫배와 함께 잠자리에 듭니다. 아침, 통통 부은 눈으로 체중계에 올라갑니다. 바늘이 돌아갑니다. '휘~익!'

늘 그랬습니다. 마음 따로, 몸 따로. 왜 그럴까. 기준이 문제더군요. 제 몸의 기준은 늘 '찬 상태'였습니다. 거기에 생기는 공복감은 자동적으로 허전함이 되더군요. 꼭 군것질로 채워야 합니다. 다시 '꽉 찬 상태'로 돌아가야 하니까요.

뭔가 대책이 필요했습니다. 책장에서 먼지 앉은 책을 하나 꺼냈습니다. 제목부터 무시무시합니다. 『하루 세 끼가 내 몸을 망친다』(이시하라 유미). 도무지 이해가 안 갑니다. 어떻게 하루 세 끼가 내 몸을 망치나. 그래도 따라 했습니다. 직접 해보며 시행착오를 살피는 게 지름길이니까요. 아침과 점심은 '사과 하나+당근 둘'로 즙을 낸 주스를 마셨습니다. 중간중간 공복감은 흑설탕을 듬뿍 넣은 생강홍차로 해결했습니다. 덕분에 고통스럽지가 않았습니다. 저녁은 뭐든 먹고 싶은 걸 먹었습니다.

석 달이 지났습니다. 8킬로그램이 빠졌습니다. 2L짜리 생수통 4개, 그만큼 빠진 겁니다. 그 사이에 몸의 기준이 바뀌더군요. '찬 상태'에서 '빈 상태'로 말입니다. 예전에 공복감은 늘 '빨간불'이었습니다. 삐뽀삐뽀, 얼른 채워야 하는 허전함이었죠. 지금은 다릅니다. 음식이 조금만 많이 들어와도 몸이 감당하기 어렵습니다. '얼른 소화해서 공복으로 되돌려야지.' 이제 공복 상태가 기준이 된 겁니다. 가볍고 맑고 경쾌한 느낌 말입니다.

제게 하루 세 끼는 의심할 여지없는 상식이었습니다. 그게 무너져도 괜찮다는 게 놀랍더군요. 하긴 인류가 300만 년 동안 세 끼를 먹기 시작한 건 불과 100년 전부터랍니다. 몸도 그렇고 마음도 그렇더군요. 채움이 기준일 때는 늘 부족합니다. 삶에서 완벽한 채움의 순간이 얼마나 될까요. 비움이 기준이 되면 달라집니다. 비울수록 솟아나는 놀라운 에너지를 맛보게 됩니다.

어쩌면 행복의 열쇠도 여기에 있지 않을까요. 내 몸과 삶의 기준을 '채움'에서 '비움'으로 바꾸는 일. 그럼 자잘한 일상의 틈새로 쉼 없이 밀려들지 않을까요. 소소한 일에서도 피어나는 행복감의 파도 말입니다. 철~썩, 또 철~썩!

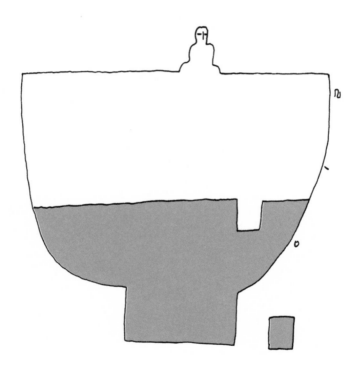

생.각.의.근.육.을.
키.워.보.세.요.

학교에서 돌아온 아이에게 유대인 부모는 묻습니다. "오늘 선생님께 무슨 질문 했니?" 유대인은 질문을 중시합니다. 좋은 질문을 잘 하는 아이들이 학급에서 반장을 맡습니다.

한국 부모는 좀 다릅니다. 이렇게 묻습니다. "오늘 학교에서 선생님 말씀 잘 들었니?" 시험 기간에는 "다 외웠니?"라고 묻습니다. 우리 교육은 '남의 말을 잘 듣고, 잘 외우는 것'을 중시합니다. 자식을 외국 대학에 유학 보낸 한 교수가 말하더군요. "아들의 시험지를 봤는데 점수가 별로 안 좋았다. 맨 끝에 담당 교수가 빨간 펜으로 'What is your opinion?(너의 의견은 뭐니?)'이라고 써놓았더라. 한국에서 고등학교까지 다녔는데 외운 걸 쓰기만 했다. 자신의 의견을 쓴 적이 없었다."

부모들은 고민합니다. "어떡하면 우리 아이가 행복하게 살 수 있을까?" 해법은 모릅니다. 그래서 '보험'에 기댑니다. 좋은 대학에 보내는 겁니다. 좋은 대학이 좋은 직장으로, 다시 좋은 배우자로, 다시 좋은 인생으로 이어질 거라 기대합니다. 그 외에 딱히 기댈 곳을 찾지 못합니다.

이게 우선순위 '넘버1'이 됩니다. 아이들의 가슴에서 저절로 올라오는 물음은 '넘버2'가 되고 맙니다. '넘버1'을 위해서 '넘버2'는 수시로 무시됩니다. 대학 가서도 얼마든지 풀 수 있다고 여깁니다. 아이들은 '나의 물음'이 아니라 '남의 물음'을 좇으며 공부를 합니다. 그걸 초등·중등·고등까지 12년간 합니다. 강산이 한 번 바뀔 동안 '남의 물음'을 달달 외우고, '남의 답'을 공식처럼 풀면서 삽니다.

막상 대학에 가면 어떨까요. 생각하는 근육의 힘줄이 약합니다. 어떻게 묻고, 어떻게 답할지를 모릅니다. 누구도 나의 생각을 묻지 않았고, 누구에게도 나의 생각을 답한 적도 없으니까요.

유대인의 '넘버1'은 다릅니다. 어렸을 때부터 토론을 가르칩니다. 집 안의 식탁에서, 학교에서, 도서관에서 끝없이 떠들면서 묻고 답합니다. 토론은 목적이 아닙니다. 수단입니다. 스스로 묻고, 스스로 답하게 하는 장치입니다. 그게 '넘버1'입니다. 부모도, 교사도 정답을 요구하지 않습니다.

그걸 통해 뭘 배울까요. "아, 내 생각이 친구 생각과 다르구나." "생각이 다른 친구랑은 이런 식으로 소통해야겠네." "생각이 다른 사람과 얘기하면 내 생각이 더 풍성해져. 고맙네." "남들과 다르게 생각해도 괜찮구나." 개성과 다양성이 생겨나고, 창의력과 소통의 힘이 생겨납니다.

더 중요한 건 따로 있습니다. 나의 물음을 좇아갈 줄 아는 아이들이 결국 자신이 정말 하고 싶은 일을 찾아가게 됩니다. 거기에 행복의 단초가 있지 않을까요. 혹자는 "우리는 토론 문화의 토양이 약하다. 유대인처럼 가르칠 수가 없다"고 반박합니다.

저는 테스트를 해봤습니다. 솔직히 겁이 났지만 저녁 식탁에서 초등학생 두 아이에게 탈무드와 흥부전 한 대목을 읽어줬습니다. 그리고 조촐한 토론을 해봤습니다. 처음에 우물쭈물하던 아이들이 나중에는 앞다투어 목청을 높입니다. "괜히

겁먹었구나"싶더군요. 생각보다 쉽고, 생각보다 간단했습니다. 부모나 교사는 토론의 방식만 살짝 안내하면 됩니다. 나머지는 아이들이 알아서 떠듭니다.

2011년 기준 유대인 노벨상 수상자는 185명입니다. 이스라엘에 사는 유대인의 평균 IQ(지능지수)는 94입니다. 한국인은 106입니다(영국 얼스터대 자료). 두뇌의 차이가 아닙니다. 교육 방식의 차이입니다. 주 1회라도 좋습니다. 초등학교부터 토론 과목을 개발해 도입하면 어떨까요. 10년 후면 그 학생들이 대학생이 됩니다. 그럼 한국 사회가 달라지지 않을까요. 저는 거기서 교육개혁과 창조경제, 다원화 사회와 행복한 삶 등 우리 사회의 화두를 풀 수 있는 첫 단추를 봅니다.

우리의 일상에서도
수시로 탑이 솟습니다.

내가 던지는 말,
내가 하는 행동,
창밖의 비,
부는 바람,
피어나는 꽃도
모두 솟아나는 탑입니다.

그런 탑 하나하나가 귀한 보물입니다.
그래서 '다보多寶'입니다.

우리가 사는 세상이 다보탑이고,
이 우주가 거대한 탑림塔林입니다.

내가 바로
주인공입니다

깨.달.음.의.
자.리.는.
하.나.입.니.다.

중국에는 500나한(아라한)이 있습니다. 석가모니 부처의
제자인 가섭과 아난을 비롯해 중국에 불법을 전한 달마,
중국의 역대 조사 등 깨달음을 이룬 이들입니다. 모두가
인도인과 중국인입니다.

딱 한 명의 예외가 있습니다. 500나한 중 455번째 나
한입니다. 그는 인도 사람도 아니고, 중국 사람도 아닙니
다. 다름 아닌 신라 사람입니다. 신라 성덕왕의 셋째 왕
자인 정중무상淨衆無相(684~762) 선사입니다. 달라이 라

마도 "무상 선사는 대단한 분"이라고 찬탄한 적이 있습니다.

무상 선사의 자취를 좇아 중국 쓰촨성의 성도인 청두를 찾았습니다. 청두는 중국 서녘의 관문입니다. 궁금하더군요. 신라의 왕자는 왜 출가를 했을까. 그것도 중국 땅 서쪽 깊숙이 와서 말입니다. 거기에는 드라마틱한 이유가 있었습니다.

왕자에겐 막내 누이동생이 있었습니다. 누이는 불교에 심취했습니다. 수행자가 되길 원했습니다. 그런데 혼담이 오가고 결혼해야 할 처지에 놓이자 누이는 칼로 자신의 얼굴에 상처를 냈습니다. 출가를 통한 수행자의 삶을 원했던 겁니다. 그걸 본 왕자는 "가냘픈 여인도 절조節操를 안다. 하물며 사내인 내가 가만히 있을쏜가"라며 출가를 결심했다는 기록이 남아 있습니다. 아쉽게도 그 누이의 출가 여부는 기록에 남아있지 않습니다.

셋째 왕자는 당나라의 수도 장안(지금의 시안)으로 갔습니다. 그런 뒤에 다시 청두로 갔습니다. 거기서 당대의 선지식인 처적 선사를 찾아갔습니다. 처적은 신라의 왕자를 만나주지 않았습니다. 왕자는 결국 자신의 손가락을 태웠습니다. 그런 뒤에야 처적 선사는 왕자에게 '무상無相'이란 법명을 주고 제자로 맞았습니다. 그의 구도심을 본 겁니다.

청두에서 자중현資中縣의 영국사寧國寺로 갔습니다. 사찰 입

구에 기다란 글귀가 새겨져 있었습니다. '범목가사전사신라삼
태자梵木袈裟傳嗣新羅三太子'란 구절입니다. '인도에서 온 목면가
사를 신라의 삼태자에게 전했다'는 뜻입니다. 흥미롭더군요.
'목면가사'는 중국 선종의 초조初祖인 달마 대사가 인도에서
가져와 이조 혜가-삼조 승찬-사조 도신-오조 홍인을 거쳐 육
조 혜능에게 전해졌던 깨달음의 징표입니다.

　당시 측천무후는 즉위 후에 혜능 대사를 황궁으로 초청했습
니다. 혜능은 병을 핑계로 거절했습니다. 측천무후는 "그럼 대
신 달마 대사가 물려준 가사를 보내달라"고 요청했습니다. 혜
능 대사는 가사를 보냈습니다. 혜능은 빠졌지만 측천무후는
신수·지선·현약·노안·가은 선사 등 당대에 내로라하는 '10대
고승'을 황궁으로 초청했습니다. 그리고 이렇게 물었습니다.
"화상들은 무슨 욕망이 있습니까?" 지선 선사를 제외한 나머
지의 대답은 똑같았습니다. "욕망이 없습니다."

　측천무후가 지선 선사에게도 물었습니다. "화상도 욕망이
없습니까?" 지선 선사가 답했습니다. "욕망이 있습니다." 뜻밖
의 대답에 측천무후가 다시 물었습니다. "어찌해서 욕망이 있
습니까?" 지선 선사가 말했다. "일으키면 욕망이 있고, 일으키
지 않으면 욕망이 없습니다.生則有欲 不生則無欲" 이 말을 듣고
측천무후는 깨닫는 바가 있었습니다. 그리고 달마로부터 내려

오는 목면가사와 칙명으로 새로 번역한『화엄경』한 부를 지선 선사에게 내렸습니다.

　지선 선사의 답은 명쾌했습니다. 욕망이 뭘까요. 그렇습니다. 마음입니다. 어떤 마음이냐고요? 하고자 하는 마음입니다. 그러니 "욕망이 없다"고 말한 이들은 마음이 가진 무한창조성을 부정한 겁니다. 다시 말해 "내 마음은 욕망을 창조할 수 없다"고 답한 거나 마찬가지입니다. 그런 마음은 고장난 마음입니다. 왜냐고요? 마음은 어떤 마음이든 창조할 수 있는 무한가능성을 갖추고 있기 때문입니다. 지선 선사는 그걸 그대로 드러냅니다. 만들면 있고, 만들지 않으면 없다고 말입니다. 그게 욕망이든, 자비의 마음이든 똑같습니다. 만들면 생기고, 만들지 않으면 생기지 않는 법이니까요.
　측천무후는 혜능 대사에게 "전승 가사를 지선 선사에게 줘 잘 보관 공양토록 했다"는 칙서와 함께 따로 가사 한 벌과 비단 500필을 내렸다고 합니다. 그래서 달마 대사의 목면가사가 지선 선사에게 가게 됐다고 합니다. 그 가사가 수제자인 처적 선사에게, 다시 수제자인 무상 선사에게 전해졌다는 기록이 『역대법보기歷代法寶記』에 등장합니다.
　영국사에서 버스를 타고 40분쯤 달려 천곡산에 도착했습니다. 시골이었습니다. 밭두렁을 30분쯤 걸어 어하구御河溝란 골짜기로 들어섰습니다. 거기에 무상 선사가 15년간 수행했던 바위동굴이 있었습니다. 저는 그 동굴 앞에 섰습니다. 침묵이 흘렀습니다. 동굴 안은 빗물이 고여 아예 웅덩이로 변해 있었습니다. 무상 선사는 그곳에서 수행을 했습니다. 풀로 옷을 엮어 입고, 음식이 떨어지면 흙을 먹었다고 합니다. 너덜너덜한 옷에 머리카락과 수염도 길었습니다. 지나던 사냥꾼이 짐승으로 착각해 활을 쏠 뻔한 적도 있었다네요. 그렇게 15년을 수행했답니다.

스승인 처적 선사가 무상에게 물었습니다. "너는 천곡산에서 무엇을 했느냐?" 무상이 답했습니다. "한 것은 없습니다. 그렇다고 바쁘지도 않았습니다.總不作 只沒忙" 그 말을 듣고 처적 선사가 말했습니다. "너와 그가 바쁘면, 나 또한 바빠진다.汝與彼忙 吾亦忙矣"

이 문답은 무상 선사의 견처見處(깨달음의 자리)를 한눈에 보여줍니다. "천곡산에서 무엇을 했는가?"라는 스승의 물음에 무상은 "아무것도 하지 않았습니다. 그렇다고 바쁘지도 않았습니다"라고 했습니다. 하늘에서 떨어지는 비는 바쁘지 않습니다. 허공을 가르는 바람도 바쁘지 않습니다. 가을에 물드는 단풍도 바쁘지 않습니다. 자연과 이치에는 바쁨이 없습니다. 그걸 재고, 자르고, 분별하는 우리의 마음이 바쁠 뿐입니다.

　깨달음의 자리는 하나입니다. 내 마음과 네 마음이 하나의 마음입니다. 그 속성이 하나로 터져 있기 때문입니다. 그래서 처적 선사가 말했습니다. 네가 바쁘면 나도 바쁘다. 네가 한가하면 나도 한가하다. 스승은 네 마음과 내 마음이 하나로 터져 있음을 표현한 겁니다. 제자의 명쾌한 답에 스승은 그렇게 맞장구를 쳤습니다.

　무상 선사의 수행동굴은 웅덩이처럼 변해 있더군요. 고인 물 위로 불상의 머리만 보였습니다. 순례객들은 그 불두佛頭를 향해 합장을 했습니다. 천년 세월이 흐른 뒤, 고국에서 온 순례객과 무상 선사의 시선은 그렇게 마주쳤습니다.

고.집.의.강.을.
건.너.보.세.요.

영화가 끝났습니다. 극장에 불이 켜졌습니다. 뒤를 돌아 봤습니다. 예상대로입니다. 몇몇 관객은 자리를 뜰 줄 몰 랐습니다. 눈물이 그렁한 눈으로 불 꺼진 스크린만 뚫어 져라 바라보고 있었습니다. '돌아가신 부모님을 생각하 는 걸까. 아니면 자신의 죽음을 떠올리는 걸까.' 작은 영 화입니다. 그래도 최근 100만 관객을 돌파한 영화입니 다. '님아, 그 강을 건너지 마오'.

저도 한참 앉아 있었습니다. 영화는 76년 세월을 함께

한 할아버지(98세)·할머니(89세)를 통해 노년의 일상과 행복을 보여주더군요. 마지막에는 할아버지가 이별의 강을 건너갑니다. 강의 이편에서 할머니가 내놓는 독백에 가슴이 아리더군요. "추워서 어째? 할아버지 생각하는 사람은 나밖에 없는데."

집으로 돌아왔습니다. 가수 이상은의 노래를 틀었습니다. '공무도하가公無渡河歌'. 관조하듯 노래하는 가수의 목청을 타고 고조선 때 지었다는 노랫말이 흘렀습니다. '님아 님아 내 님아 물을 건너가지 마오/님아 님아 내 님아 그예 물을 건너시네/아~물에 휩쓸려 돌아가시니/아~가신 님을 어이할꼬'. 노래를 듣고, 다시 듣고, 또 들었습니다.

그렇습니다. 옛날이나 지금이나 인간의 삶에는 강이 흐릅니다. 삶과 죽음, 둘을 나누는 강입니다. 언젠가 우리는 그 강 앞에 서야 합니다. 육신의 무너짐과 함께 그 강을 건너야 합니다. 누구도 알지 못합니다. 강물이 얼마나 차가운지, 강 저편에 무엇이 있는지, 그곳에도 삶이 있는지, 있다면 어떤 삶인지. 우리는 모릅니다. 각자의 종교, 각자의 신념을 통해서 믿거나 꿈꿀 뿐입니다. 그래서 낯설고, 그래서 두렵고, 그래서 슬픕니다.

곰곰이 생각해봅니다. 궁금해집니다. 강은 정말 그곳에만 있을까. 삶과 죽음을 나누는 강이 정말 그곳에만 흐를까. 눈을 감습니다. 우리의 삶, 우리의 일상을 살펴봅니다. 그러다가 깜짝 놀랐습니다. 육신의 생명이 다하는 곳. 거기에만 강이 흐르는 게 아니었습니다. 나의 오전, 나의 오후에도 수십 개, 수백 개의 강이 흐르고 있더군요. 우리는 수시로 그 강 앞에 섭니다. 그리고 고민합니다. 강을 건너야 하나, 아니면 말아야 하나.

그 강의 이름이 뭐냐고요? 다름 아닌 '고집의 강'입니다. 꺾어야 한다고 생각하면서도 꺾지 못하는 나의 고집. 그런 고집들이 뭉쳐서 '나'라는 에고를 만드니까요. 그 강 앞에 설 때마다 우리는 망설입니다. 고집을 꺾으면 내가 죽을 것만 같습니다. 그 강을 건너다가 내가 죽을 것만 같습니다. 그래서 돌아서고 맙니다. 강을 건너지 않습니다. 그리고 속으로 말합니다. "님아, 그 강을 건너지 마오." 결국 미지의 땅으로 남습니다. 강 저편의 풍경, 강 저편의 삶이 말입니다.

반면 고집을 꺾어본 사람은 다릅니다. 그들은 오히려 "님아, 그 강을 건너가오"라고 소리칩니다. 내가 한 번 죽어야 고집도 따라 죽습니다. 죽기를 각오해야 자신의 고집도 꺾을 수 있습니다. 그때 비로소 강을 건너게 됩니다. 거기가 끝이 아닙니다. 강을 건넌 사람은 미지의 땅을 밟게 됩니다. 자신의 삶에서 한 번도 만난 적이 없던 풍경입니다. 강의 저편, 내 고집의 저편을 보게 되니까요. 그곳의 평화를 아는 이들은 말합니다. "님아, 그 강을 건너가오."

　그렇게 강을 건너고, 건너고, 또 건너다 보면 결국 어떻게 될까요. 강의 이편과 강의 저편 사이에 차이가 없어집니다. 그때는 강을 건너는 일이 예전만큼 두렵지는 않을 겁니다. 영화 속 할아버지처럼 언젠가 우리도 삶과 죽음을 나누는 강 앞에 서게 됩니다. 가뿐하게 건너고 싶으신가요. 그럼 자신의 일상에서 강 건너는 연습이 필요하지 않을까요. 이 노래와 함께 말입니다. "님~아, 그 강을 건너가오!"

인.생.도.어.쩌.면,.
덤.으.로.사.는.것.입.니.다.

관棺 속에 들어가 본 적 있으세요? 죽어서 들어가는 관
말입니다. 저는 관 안에 누워본 적이 있습니다. '죽음 체
험 하루 피정'이었습니다. 취재차 갔습니다. 사람들이 줄
을 섰더군요. 관 속에 들어가려고 말입니다. 묘했습니다.
관에 들어갔다가 나오는 사람마다 눈물을 글썽거렸습니
다. 곁에 있던 그리스도상 아래 무릎을 꿇고 입을 맞추더
군요. 들어갈 때와 나올 때, 확실히 다르더군요.

　보고만 있자니 너무 궁금했습니다. 저도 줄을 섰습니

다. 제 차례가 왔습니다. 신부님이 관 뚜껑을 열었습니다. 계단을 밟고 제단 위에 올랐습니다.

관 속으로 한 발을 넣었습니다. 또 한 발을 넣었죠. 그리고 위를 보고 누웠습니다. 뒤통수가 바닥에 닿았습니다. 잠시 후 관 뚜껑이 스르르 닫히더군요. 틈새로 빛이 조금 들어왔습니다. 그 위로 천이 덮였습니다. 관 속은 이제 완전히 캄캄해졌습니다. 눈을 떠도 어둠, 눈을 감아도 어둠. 이런 게 무덤 속이구나 싶더군요.

바깥세상에는 사람들이 있었습니다. 가족도 있고, 친구도 있고, 직장도 있었습니다. 내가 사랑하는 모든 사람과 내가 아끼는 모든 물건이 바깥에 있었습니다. 그때 실감이 났습니다. 뒤통수를 쾅! 치더군요. '아, 이런 거구나. 죽는다는 게. 바깥세상의 어떤 것도 이 안으로 가지고 들어올 수는 없구나.'

관 속에 누운 저를 다시 봤습니다. 몸뚱이만 있더군요. '숨을 거두었으니 이 몸도 곧 썩겠구나.' 그럼 무엇이 남나. '아, 그렇구나! 마음만 남는구나. 그게 영혼이겠구나.'

한참 지났습니다. 관 뚜껑이 열렸죠. 눈이 부시더군요. 다시 밖으로 나왔습니다. 아주 짧은 체험이었죠. 그래도 여운은 길더군요. '잘 살아야겠구나. 그래야 죽어서도 잘 살겠구나.' 이런 생각이 들었으니까요.

247

이해인 수녀를 만났습니다. 프란치스코 교황의 트위터 메시지를 묵상하며 썼던 글을 책으로 냈더군요. 책장을 넘기는데 교황의 기도가 눈에 띕니다. '다른 사람을 용서하기가 힘듭니다. 주여, 당신의 자비를 허락하시어, 저희가 늘 용서할 수 있게 하소서.' 용서는 참 쉽지 않은 일인가 봅니다. 교황조차 이런 기도를 올렸으니 말입니다.

이해인 수녀는 묵상을 통해 이런 댓글을 붙였습니다. "저는 용서가 어려울 땐 미리 저 자신의 죽음을 묵상하며 '상상 속의 관' 안에 들어가 보기도 합니다." 저는 속으로 맞장구를 쳤습니다. 수녀님은 "내일은 내가 세상에 없을지도 모르는데'라고 삶의 마지막 순간을 생각하면 의외로 용서가 잘 된다"고 했습니다.

어쩌면 삶의 열쇠가 죽음에 있을지도 모릅니다. 죽음은 우리가 틀어쥐고 있는 모든 걸 놓아버리게 하는 거대한 포맷의 자리니까요. 그러니 죽음의 문턱까지 갔거나, 명상이나 묵상을 통해 죽음을 깊이 사색한 이들은 포맷한 자리를 체험합니다. 예수에게는 그게 십자가였고, 붓다에게는 보리수 아래 무아無我의 자리였겠죠.

시인이자 영성가인 고진하 목사는 그런 삶을 "덤으로 사는 삶"이라 표현하더군요. 덤으로 살 때 우리는 비로소 자유로워진다고 말입니다. 죽었다, 다시 사는 삶. 어쩌면 그게 '부활'이 아닐까요. 모두에 감사하고, 모두를 용서하는 삶. 그게 덤으로 살 때의 선물이라면 참 괜찮지 않나요. 살아서 내 발로 관 속에 한 번 들어가 보는 것도 말입니다.

　사람들은 묻습니다. 그런 관이 대체 어디에 있느냐고. 정말 어디에 있을까요. 맞습니다. 우리의 일상 속에 있습니다. 남을 용서하려면 먼저 '옳다고 여기는 나의 고집'이 무너져야 합니다. 그래야 용서가 됩니다. 나의 고집이 무너질 때 내가 한 번 죽는 겁니다. 그게 진짜 관입니다. 들어갈 때는 힘들어도 나올 때는 홀가분합니다. 덤으로 사는 삶이 우리를 기다리고 있으니까요.

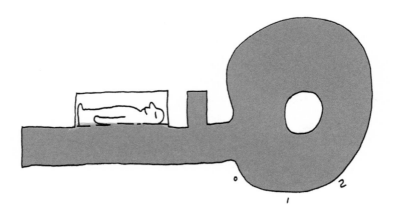

일.상.이.곧.
불.국.토.가.됩.니.다.

경주 불국사에 갔습니다. 절 이름이 참 거
창합니다. 불국佛國. 부처의 나라란 뜻입니다. 그건 신라
인들이 가고 싶어 했던 낙원입니다. 신라의 국가 지도이
념은 불국토였습니다. 왕 이름도 불교 냄새가 물씬 나는
법흥왕法興王이나 진흥왕眞興王으로 짓고, 왕비의 이름에
도 '마야 부인'이 있었습니다. 마야는 인도 석가모니 붓
다의 어머니 이름입니다.

쉽진 않습니다. 현실을 불국토로 만드는 일 말입니다.

불국사의 대웅전 앞뜰로 갔습니다. 탑이 둘 있습니다. 석가탑과 다보탑. 묘하더군요. 하나는 무척 단조롭고, 하나는 아주 화려합니다. 왜 저런 탑을 불국사 대웅전 뜰에다 세웠을까요. 붓다를 모신 대웅전은 절의 가장 핵심적인 공간인데 말입니다. 그 이유가 뭘까요.

인도의 영축산에 갔습니다. 붓다가 꽃을 들자 제자인 가섭이 빙긋이 웃었다는 염화미소의 장소입니다. 붓다는 거기서 '묘법연화경(법화경)'을 설했습니다. 그러자 맞은편에서 땅을 뚫고 탑이 올라왔다고 합니다. 여기서 붓다를 석가여래, 탑을 다보여래라 부릅니다. 그게 석가탑과 다보탑에 얽힌 불교적 전승입니다.

석가탑과 다보탑. 그들은 무엇을 의미할까요. 아무리 생각해도 수수께끼입니다. 그래서 불국사 대웅전 앞뜰은 그 자체가 화두입니다. 설화에 힌트가 있습니다.

석가탑에는 아사달과 아사녀의 애달픈 사연이 깃들어 있습니다. 아사녀는 석가탑이 완성되면 불국사 근처의 못에 탑 그림자가 비칠 거란 말을 듣고 하염없이 남편 아사달의 탑 만드는 작업이 끝나길 기다립니다. 아무리 기다려도 그림자가 비치지 않자 아사녀는 결국 못에 몸을 던지고 맙니다. 그래서 석가탑은 일명 '무영탑無影塔'이라 불립니다. 그림자가 없는 탑이란 뜻입니다.

눈치채셨나요? 석가탑은 '공空'을 의미합니다. 공은 눈에 보이지도, 손에 잡히지도 않습니다. 그러니 그림자도 없습니다. 그건 붓다의 자리, 깨달음의 자리입니다. 그리스도교 식으로 표현하면 '말씀'입니다. '태초에 말씀이 있었다.' 거기서 세상 만물이 창조됩니다. 하늘이 있으라 하니 하늘이 생기고, 땅이 있으라 하니 땅이 생깁니다. 그처럼 공空의 자리에서 색色이 나오는 겁니다. 그러니 공空은 그저 텅 비어 아무것도 없는 허무한 자리가 아닙니다. 세상 만물이 창조되는 바탕 없는 바탕입니다. 그래서 붓다가 설법하자 탑이 솟는 겁니다. 공의 자리에서 색이 튀어나오는 겁니다.

그러고 보니 불국사에만 탑이 있는 게 아니군요. 우리의 일상에서도 수시로 탑이 솟습니다. 아무것도 없던 바탕에서 생각이 툭 나올 때 탑이 솟는 겁니다. 내가 던지는 말, 내가 하는 행동, 창밖의 비, 부는 바람, 피어나는 꽃도 모두 솟아나는 탑입니다. 그런 탑 하나하나가 귀한 보물입니다. 그래서 '다보多寶'입니다. 우리가 사는 세상이 다보탑이고, 이 우주가 거대한 탑림(塔林·탑의 숲)입니다.

불국사 대웅전의 붓다가 설합니다. "석가탑空과 다보탑色,

둘을 동시에 보라. 거기에 불국토가 있다." 우리의 일상을 둘러봅니다. 온통 다보탑 천지입니다. 그런데 석가탑은 보이질 않습니다. 그림자도 보이질 않습니다. 대체 석가탑은 어디에 있을까요. 그걸 찾아야 불국토가 된다는데.

가만히 들여다보세요. 다보탑 안에 석가탑이 있습니다. 예를 들어 볼까요. 우리의 일상에선 수시로 짜증이 올라옵니다. 그 짜증은 영원하지 않습니다. 시간이 지나면 사라집니다. 짜증의 속성이 공空하니까요. 짜증色이 다보탑입니다. 공空함이 석가탑입니다. 둘을 동시에 보면 짜증이 녹고 불국토가 됩니다. 그러니 다보탑 안에 석가탑이 있고, 석가탑 안에 다보탑이 있습니다. 그 비밀을 알 때 우리는 불국사가 됩니다.

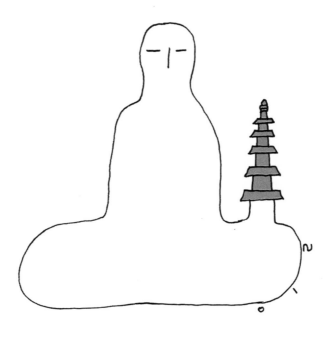

진. 리. 를. 향. 해.
무. 릎. 을. 꿇. 는. 다. 는. 것.

'내가 신학교에 입학할 때, 어머니는 신학교까지 동행하지 않았습니다. 수년 동안 어머니는 나의 결정을 받아들이지 않았습니다. 그러나 그 문제로 직접 다투지는 않았습니다. 나는 가끔 집으로 어머니를 찾아뵈었습니다. 그러나 어머니는 나를 보러 신학교로 오시진 않았습니다. 어머니는 가톨릭 신앙을 믿고 실천하는 여인이었습니다. 하지만 아들에 대한 모든 일은 너무 갑작스럽게 일어난 일로 여겼습니다. 그러나 사제 서품식 후 나의 첫 강복^{降福}(하느님이

복을 내림) 기도를 받기 위해 무릎을 꿇으셨습니다. 나는 그런 어머니를 또렷하게 기억합니다.'

　누구의 이야기냐고요? 프란치스코 교황이 직접 한 말입니다. 저는 이 글을 몇 번이나 읽었습니다. 참 가슴이 아립니다. 왜냐고요? 어머니의 마음이 한지가 먹을 먹듯 번져오기 때문입니다. 프란치스코 교황은 학생 때 오른쪽 폐를 도려내는 수술을 받았습니다. 어머니는 그런 장남을 얼마나 애틋하게 바라봤을까요.

　교황의 어머니는 독실한 가톨릭 신자였습니다. 그러나 자식이 사제가 되는 일은 또 달랐습니다. 그건 내 몸으로 낳은 아들을 하느님께 바치는 일이니까요. 또 아들이 독신으로 살아가는 광경을 평생 지켜봐야 합니다. 비단 교황의 어머니만 그럴까요. 우리 주위에도 자식이 신부가 되고, 수녀가 되고, 스님이 되고, 교무가 된 어머니가 많습니다. 그 모든 어머니의 심정이 비슷하지 않을까요.

　서울에서 사제 서품식이 있었습니다. 가톨릭 신학교를 졸업한 이들이 독신 서약을 하고 사제가 되는 날입니다. 이들은 두 팔과 두 다리를 뻗어 땅에 엎드립니다. 그렇게 한없이 낮아지기를 서약합니다. 뒤에는 그들을 지켜보는 어머니들이 있습니다. 저는 그런 어머니들의 눈을 유심히 봅니다. 대부분 웃음과 울음이 공존합니다. 어떤 어머니는 눈이 울고 가슴은 웃습니다. 또 어떤 어머니는 눈은 웃지만 가슴은 웁니다.

남편을 일찍 여의고 22년간 홀로 키운 무녀독남 외아들의 사제 서품식에 온 어머니를 만난 적도 있습니다. 아들도 알고 어머니도 압니다. 어머니의 노년을 책임지기 힘들 거라는 사실 말입니다. 남은 세월, 어머니는 더 외롭게 살지도 모릅니다. 각시 없는 자식의 결혼식. 서품식에서 그 어머니의 눈은 웃고 있었습니다.

서품식이 끝나면 갓 사제가 된 이들이 달려와 강복 기도를 합니다. 사제의 첫 강복 기도는 속된 말로 "기도빨이 좋다"고들 합니다. 그걸 주로 어머니께 바칩니다. 아들 앞에 어머니는 무릎을 꿇습니다. 아들은 어머니의 머리에 두 손을 올립니다. 그리고 눈을 감고 기도를 합니다. 기도 소리는 들리지 않습니다. 대신 사제의 어깨가 가끔 들썩입니다.

교황의 어머니도 그랬더군요. 내놓고 충돌하진 않았지만 어머니는 원치 않았습니다. 신학교 입학식에도 가지 않았습니다. 그렇게 시위를 했습니다. 기숙사 생활을 하는 신학교로 면회도 가지 않았습니다. 그렇게 반대했습니다. 그러나 아들이 사제가 되던 날, 서품식에 갔습니다. 그리고 사제가 된 아들 앞에 무릎을 꿇었습니다.

　저는 교황의 글을 다시 읽어봅니다. 세상에서 가장 강한 인간은 누구일까. 그건 어머니가 아닐까요. 그 어머니가 대체 어디를 향해 무릎을 꿇은 걸까요. 그건 아들이 아니더군요. 사제가 된 아들이 아니었습니다. 자식에 대한 어머니의 사랑은 본능입니다. 그 본능보다 더 깊은 본능, 그 본능보다 더 근원적인 본능. 어머니는 그걸 향해 무릎을 꿇었습니다. 교황의 어머니는 아들이 아니라 신(진리)을 향해 무릎을 꺾었던 겁니다. 그래서 프란치스코 교황은 말합니다. 나는 그런 어머니를 또렷하게 기억한다고. 우리는 모두 그런 인간이라고.

새.로.운.삶.의.배.를.
띄.우.려.는.모.든.
사.람.들.에.게.

영화 〈노아〉를 봤습니다. 대홍수에서 살
아남은 노아의 방주 이야기입니다. 구약성경의 스토리를
상업적으로 각색한 영화더군요. 성경 이야기의 역사적
재현을 기대한 기독교인 관객이라면 실망감이 컸을 겁니
다. 영화는 선과 악의 경직된 이분법적 시선에서 크게 벗
어나지 못합니다.

그래도 군데군데 가슴에 꽂히는 대사가 있었습니다.
가령 "세상은 뜨는 것과 가라앉는 것으로 나뉜다"는 대목

입니다. 영화의 시각적 클라이맥스는 대홍수 장면입니다. 폭우가 퍼붓고, 홍수가 나고, 세상이 몽땅 물속에 잠깁니다. 영화관을 나서면서 생각했습니다. 정말 물에 뜨는 건 무엇이고, 물에 가라앉는 건 무엇일까.

예수는 물 위를 걸었습니다. 그걸 본 베드로는 배에서 내려왔습니다. 예수를 따라서 물 위를 걷기 시작합니다. 멀리서 풍랑이 일자 두려움이 생깁니다. 베드로는 그만 물에 빠지고 맙니다. '젖지 않는 베드로'가 '젖는 베드로'가 되고 말았습니다. 대체 뭘까요. 젖는 것과 젖지 않는 것의 차이 말입니다. 사람들은 "하느님(하나님)을 믿는 것과 믿지 않는 것의 차이"라고 말합니다. 노아도 신을 섬겼다는 이유로 방주를 탈수 있었습니다.

여기서부터 묵상의 영역입니다. 베드로는 왜 물 위를 걸을수 있었을까. 적어도 60~80킬로그램은 나갔을 성인 남자의 몸무게는 어디로 갔을까. 그리고 폭풍이 몰려오고 두려움이 생기는 순간, 그의 몸무게는 왜 다시 돌아왔을까. 그리고 물에 푹 잠겼을까. 곰곰이 생각해 봅니다. 삶이 힘겨울 때 우리는 일상 속에서 허우적댑니다. 일종의 홍수입니다. 어쩌면 우리에겐 그게 더 위협적인 홍수일지도 모릅니다. 저는 베드로의 일

261

화를 유심히 짚어봅니다. 그 속에는 '홍수 속에서도 젖지 않는 열쇠'가 녹아 있으니까요.

물 위를 걷는 베드로는 가볍습니다. 왜 그럴까요. 자신의 모든 걸 예수에게 맡겼기 때문입니다. 그때 베드로라는 에고의 무게는 얼마일까요? 0킬로그램입니다. 그래서 물 위를 걷는 겁니다. 그런데 바람이 거세집니다. 베드로는 덜컥 겁이 납니다. '이러다 내가 진짜 죽는 건 아닐까?' 두려움이 생겨납니다. 놓았던 에고를 다시 움켜쥡니다. 그 순간, 베드로는 물속에 쑥 빠집니다. 무엇 때문일까요. 맞습니다. 에고의 무게가 다시 돌아온 겁니다. 베드로는 그 무게로 인해 뜨기도 하고, 가라앉기도 합니다.

불교에도 그런 순간이 있습니다. 무아無我. 붓다는 그걸 "그물에 걸리지 않는 바람/진흙에 물들지 않는 연꽃"이라고 표현했습니다. 사람들은 따집니다. 에고의 무게를 어떻게 0킬로그램으로 줄이느냐고. 그게 어디 사람이냐고. 그렇다면 자신의 다이어트 경험을 돌아보세요. 몸무게가 1~2킬로그램만 줄어도 가뿐합니다. 날아갈 것 같습니다. 에고도 마찬가지입니다. 조금만 줄어도 날아갈 듯 가볍습니다.

그걸 위한 구체적인 방법이 뭘까요. 사람들은 이 대목에서 주로 오판합니다. 엉뚱한 해법을 시도합니다. 보기 싫은 그물을 피하거나 짜증나는 진흙을 파내서 없애려고 합니다. 이런 방식은 승부가 나질 않습니다. 끝이 없습니다. 왜냐고요? 자신의 삶에서 그물과 진흙은 끝없이 생겨나기 때문입니다.

문제가 정말 그물이나 진흙일까요. 그걸 만드는 공장이 아닐까요. 그 공장이 바로 "좋다, 나쁘다" 따지고 있는 나의 잣대와 고집입니다. 그걸 무너뜨리면 어떻게 될까요. 그때는 달라집니다. '싫은 그물'이 아니라 '그냥 그물'이 됩니다. '싫은 사람'이 아니라 '그냥 사람'이 됩니다. 그런 뒤에는 더 이상 걸리지 않습니다. 고집이 무너지면 무너진 만큼 우리는 그물을 뚫고 지나가는 바람이 됩니다.

노아는 자신의 고집을 꺾고 신의 메시지를 따랐습니다. '내 뜻대로 마시고 아버지 뜻대로 하소서.' 그때 이미 방주를 탄 겁니다. 에고가 무너질 때 우리는 늘 방주를 타니까요. 물에 젖지 않는 연꽃을 말입니다.

진.흙.위.에.
새.로.운.연.꽃.을.
피.우.세.요.

아들이 죽었습니다. 여인의 가슴이 찢어졌습니다. 장례
도 치르지 않았습니다. 대신 아들의 주검을 안고 미친 듯
이 찾아다녔습니다. 용하고 뛰어나다는 이들을 찾아가
"아들을 살려달라. 그런 약을 달라"고 매달렸습니다. 아
무도 그러질 못했습니다. 수소문 끝에 붓다를 찾아갔습
니다. 그러면 살려내겠지. 아들의 주검을 붓다 앞에 내려
놓고 슬픔을 토했습니다. "아들을 살려주세요, 제발." 붓
다는 말했습니다. "알았다. 그렇다면 사람이 한 번도 죽

어나간 적이 없는 집에 가서 겨자씨 세 개를 얻어오너라."

여인은 마을로 달려가 집집마다 물었습니다. 그런 집은 하나도 없었습니다. 빈손으로 돌아온 여인에게 붓다는 말했습니다. "그대는 오직 자신만이 아들을 잃었다고 생각했다. 죽음이란 모든 존재에게 오는 것이다. 그들의 욕망이 채워지기 전에 죽음은 그들을 데려간다." 그걸 깊이 이해한 뒤에 여인은 아들의 죽음을 받아들였습니다. 이야기는 여기서 끝이 아닙니다. 삶의 무상함을 깨친 여인은 출가해 수행자가 됐고, 나중에는 깨달음을 성취했다고 합니다.

세월호 참사를 겪으며 대한민국은 '자식 잃은 여인'이 됐습니다. 슬픔은 지금도 끝나지 않았습니다. 그 고통 속에서 사람들은 외쳤습니다. 해경을 향해, 관료를 향해, 대통령을 향해서 말입니다. 죽은 아이들을 살려내라고. 이 죽음을 도저히 받아들일 수 없다고. 이게 제대로 된 국가냐고. 그래서 세월호는 진흙입니다. 그 질퍽한 슬픔의 강도에 우리의 발목이 푹푹 빠져들었습니다.

저는 '자식 잃은 여인의 일화'를 다시 읽습니다. 궁금하더군요. 바닥까지 침몰했던 절망, 그걸 어떻게 희망으로 바꾸었을까. 죽어서도 놓지 않을 것 같던 자식의 주검을 여인은 어떻게 내려놓았을까. 가라앉기만 하던 배를 어떻게 다시 수면 위로 올렸을까. 그리고 수행자가 돼 깨달음을 얻었을까.

그제야 알겠더군요. 세월호는 진흙입니다. 절망과 분노로 질 척대는 진흙입니다. 그런데 한 꺼풀만 껍질을 벗겨 보세요. 진흙의 이면에 무엇이 있을까요. 거대한 에너지가 웅크리고 있습니다. 포장지만 보면 분노의 에너지입니다. 자세히 보면 다릅니다. '무엇을 향한 분노인가?'라고 묻다 보면 에너지의 정체가 보입니다. 그건 우리 사회의 변화와 개혁을 열망하는 어마어마한 에너지입니다. 아들의 갑작스러운 죽음이 여인에게는 삶과 죽음의 이치를 터득하는 커다란 에너지로 작용했듯이 말입니다.

'세월호 참사'는 거대한 절망이고, 동시에 거대한 희망입니다. 세월호는 가라앉으며 대한민국을 바꾸라는 강력한 에너지를 뿜어 올렸습니다. 김영삼 대통령이 '신한국 창조', 김대중 대통령이 '제2의 건국'을 외칠 때도 이만큼 에너지가 솟았던가요. 그런 엄청난 에너지가 우리 앞에서 넘실거렸습니다. 대한민국의 개혁과 업그레이드를 열망하는, 아래로부터 올라온 힘 말입니다.

그런 에너지를 장착하고, 이제 대한민국호가 나아갈 차례입니다. 국가 개조는 보수와 진보를 막론하고 고개를 끄덕일 수밖에 없는 시대적 요청입니다. 그걸 누가 거부할 수 있을까요. 관료가, 아니면 야당이, 아니면 언론이 그걸 거부할 수 있을까요.

거대한 위기가 거대한 기회입니다. 늘 진흙에서 연꽃이 올라옵니다. 제 눈에는 세월호가 그런 진흙입니다.

간.절.히.원.한.다.면,.
내.몫.도.내.놓.을.줄.
알.아.야.합.니.다.

한 해 5000명 이상이 죽습니다. 대한민국에서 교통사고로 말입니다. 충격적인 수치입니다. 어느 정도인지 감이 안 온다고요? 매달 400명 이상 탑승한 세월호가 한 척씩 바닷속으로 '풍덩풍덩' 침몰하고 있는 셈입니다. 배를 안 탄다고, 비행기를 안 탄다고 피할 수 있는 위험도 아닙니다. 자동차는 우리가 매일 탑승하는 '세월호'니까요.

대한민국은 선진국 클럽인 경제협력개발기구(OECD) 회원국입니다. 정말이지 부끄럽습니다. 교통사고 사망률은 바다입니다. 인구 10만 명당 교통사고 사망자 수(2011년)는 OECD 회원국 평균이 6.8명입니다. 대한민국은 무려 10.5명입니다. 폴란드(11.0명) 다음으로 높습니다. 자료를 제출한 OECD 33개 회원국 중 32위입니다. 그에 반해 1위인 영국은 3.1명에 불과합니다. 다들 말합니다. "이젠 바꿔야 한다." "국가를 개조해야 한다." 저는 달라질 줄 알았습니다. 세월호 참사 이후 출근길 운전 풍경이 바뀔 줄 알았습니다. 횡단보도 앞에서, 신호등 앞에서, 교차로 앞에서 앞다퉈 변할 줄 알았습니다. 서로 불편을 감수하며 매뉴얼을 지킬 줄 알았습니다. 어쩌면 저만의 착각일까요. 며칠 전 출근길 한강 다리에서 버스와 승용차가 차선 경쟁을 하다 결국 접촉사고가 나더군요. 오늘 점심에는 인도를 달리는 택배 오토바이가 행인들에게 경적을 마구 울려 댔습니다. 오토바이는 아찔하게 달려갔습니다. 안타깝지만 고백할 수밖에 없습니다. 우리는 달라지지 않았습니다.

무언가를 바꿀 때는 힘이 필요합니다. 강물이 물길을 돌릴 때도, 역사가 흐름을 바꿀 때도 힘이 필요합니다. 그 힘은 안에서 나올 수도 있고, 밖에서 나올 수도 있습니다. 우리는 다들 '국가 개조'에 동의했습니다. 그 절실함에 고개를 끄덕였습니다. 그렇다면 강물의 흐름을 틀 수 있는 힘을 만들어야 합니다.

주위에 물어봤습니다. "5만원짜리 교통위반 스티커를 만약 유럽처럼 20만원, 30만원으로 올리면 받아들일 수 있겠나?" 선뜻 고개를 끄덕이는 사람도 있더군요. 망설이는 사람도 있고, 싫다는 사람은 더 많았습니다. 어떤 사람은 "그럼 전국에서 무장봉기가 일어날걸?" 하고 받아칩니다. 다시 물었습니다. "만약 30만원짜리 교통위반 스티커를 받았다고 하자. 그럼 다시 위반할 것 같은가?" 열에 아홉은 "아니, 다시는 안 할 것 같다"고 하더군요. "그렇게 거둬들인 교통범칙금을 교통안전을 위한 인프라 구축에 쓰면 어떻겠나?" 그건 다들 고개를 끄덕이더군요. 각자 자신을 바꾸면 가능합니다. 새로 규제를 만들 필요도, 교통범칙금을 올릴 이유도 없습니다. 그런데 그런 사람이 너무 적을 때는 어떡할까요. 안에서 나온 힘만으로 물길을 돌릴 수가 없다면 말입니다. 그럼 외부에서 힘을 끌어와야 합니다. 그게 뭘까요. 너와 나의 안전을 위한 강한 제도와 규제입니다.

국가 개조는 맨입으로 되지 않습니다. 나는 가만히 있고, 국가만 바꾸자. 그런 방식으로는 국가가 바뀌지 않습니다. 각자가 자기 몫을 내놓아야 합니다. 스스로 자신을 바꾸든지, 아니면 엄격한 매뉴얼과 규제를 받아들여야 합니다. 그에 따른 불편과 희생을 감수해야 합니다. 이걸 정확하게 알고서 다시 물어야 합니다. 나는 정말 국가 개조를 바라는가.

버.무.림, 발.효,.
숙.성.의.과.정.을.
거.쳐.보.세.요.

주말에 김장을 했습니다. 마트에서 사온 배추 박스를 열었습니다. 소금물에 절인 배추는 풀이 확 죽어 있더군요. "나는 배추다!"라며 빳빳한 잎사귀를 고집하지 않았습니다. 배추는 양념을 받아들이기 위해 자신의 몸에서 물기부터 뺐습니다.

　물 빠진 배추를 옮기며 생각했습니다. '우리나라 정치는 왜 김장 배추를 닮지 못하는 걸까.' 어찌 보면 여당과 야당, 보수와 진보는 배추와 양념의 관계입니다. 빳빳하던 배추는 양념을 만나서 버무려지고, 발효되고, 숙성되면서 김치가 됩니다. 양념이 없다면 배추는 절대 김치가 될 수 없습니다. 늘 배추로만 머물 뿐입니다. 그러니 참 중요합니다. 배추가 양념을 보는 시각 말입니다. 여당이 야당을 보고, 진보가 보수를 보는 시각 말입니다. '내가 김치가 되기 위해선 저 양념이 꼭 필요하구나!' 정치권의 배추들은 과연 그런 생각을 하고 있을까요.

김장 양념을 만들면서 물었습니다. '여당과 야당, 보수와 진보는 왜 상대를 싫어할까. 심지어 적이라고 여길까.' 일제 식민지와 한국전쟁, 그리고 현대사를 거치며 좌우 진영은 서로 상처를 주고받았습니다. 그들은 지금도 상처와 분노를 잊지 못합니다. 오히려 그게 아무는 걸 싫어합니다. 딱지가 앉을 만하면 떼버리고, 딱지가 앉을 만하면 떼버립니다. 끊임없이 '상처'를 재생산합니다.

그래서일까요. 정치권의 배추는 양념을 싫어합니다. 보수가 진보의 양념을 묻히고, 야당이 여당의 양념을 묻히는 걸 싫어합니다. 왜 그럴까요? 저는 '두려움' 때문이라고 봅니다. 매운 마늘, 톡 쏘는 생강, 짠 새우젓, 미나리와 쪽파에다 고춧가루까지. 하나같이 낯설고 겁이 나는 재료들입니다. 자칫하면 좌파의 배추, 우파의 배추로서 자기 정체성을 잃을지도 모른다고 생각합니다. 그래서 더 두려워합니다.

거실에 쪼그리고 앉아 배추를 양념에 치댔습니다. 잎사귀를 하나씩 들추며 뻘건 양념을 묻혔습니다. 제 손에 들린 겨울 배추는 겁내지 않더군요. 자신을 열고, 양념을 묻히고, 김장이란 거대한 화학작용을 두려움 없이 받아들였습니다. 생각했습니다. 정치판의 배추는 겁을 내는데, 겨울 배추는 왜 두려움이 없을까.

그건 '시야視野의 차이'였습니다. 시야가 좁으면 배추밖에 보이질 않습니다. 시야가 넓어야 '배추 이후'가 보입니다. 배추가 김장을 거쳐 김치가 되는 게 보입니다. 좁은 시야로는 나의 세력, 나의 진영, 나의 정당만 보일 뿐입니다. 그걸 놓치면 자신이 죽는다고 생각합니다. 결국 고집스러운 보수, 타협 없는 진보가 됩니다.

그런 배추는 버무림과 발효라는 숙성의 과정을 잘 모릅니다. 어쩌다 양념을 묻혀도 잎사귀에만 살짝 묻힐 뿐입니다. 겉절이 김치입니다. 저는 대한민국 정치판이 만들어내는 겉절이 김치에 정말이지 질렸습니다. 그들의 지향은 왜 '겉절이'에만 머무르는 걸까요. 거기에는 왜 '김장의 미학'이 없는 걸까요.

결국 눈을 바꾸어야 합니다. 정치권의 배추가 양념을 대하는 눈. 그것부터 바꾸어야 하지 않을까요. 여당에 야당은 양념입니다. 진보에 보수는 양념입니다. 양념이 없다면 버무림도 없고, 발효도 없고, 숙성도 없습니다. 죽었다 깨어나도 배추의 울타리를 넘어설 수가 없습니다. 차원을 뛰어넘는 맛을 내는 김치가 되질 못합니다. 자신의 울타리를 넘어서는 가장 중요한 재료. 그게 상대방이란 양념입니다.

그러니 정치인들은 물어야 하지 않을까요. 나는 겉절이용 배추가 될 것인가, 아니면 김장용 배추가 될 것인가. 정치인뿐만 아닙니다. 우리도 자신에게 물어야 합니다. 나는 겉절이용 배추가 될 것인가, 김장용 배추가 될 것인가. 양념을 치대며 내내 들었던 '김장 배추의 법문'입니다.

내.가.
살.고.자.할.때.
두.려.움.이.생.깁.니.다.

어쩌면 두려움과의 싸움입니다. 국가 개조 말입니다. 대한민국의 화두는 어느덧 국가 개조가 됐습니다. 다들 구조적이고 총체적인 문제를 실감합니다. 그래서 '개조'라는 용어에 고개를 끄덕입니다. 아직 개조의 바람이 불진 않습니다.

지구촌에는 국가 개조에 버금가는 수술을 하고 있는 지도자가 있습니다. 프란치스코 교황입니다. 그는 교황청 내부와 이탈리아 마피아를 향해 동시에 포문을 열었습니다. 사실 목숨을 걸어야 할 만큼 위험한 일입니다. 가톨릭 역사에서 바티칸 개혁을 시도했던 교황은 여럿 있었지만 다들 실패로 막을 내렸습니다.

바티칸 개혁은 '이중주의 개혁'입니다. 바티칸은행과 마피아, 둘을 모두 겨냥해야 합니다. 바티칸은행을 통한 마피아의 검은 돈 세탁 의혹은 줄기차게 제기됐습니다. 2010년에는 바티칸은행 총재가 2300만 유로(약 320억원)의 돈세탁을 시도하다 검찰 조사를 받았습니다. 재임 중 이런 사건이 터졌지만 전임 베네딕토 16세 교황은 바티칸을 개조하지 못했습니다. 지난해 6월에는 교황청 회계 담당 사제가 현금 2000만 유로(약 295억원)를 스위스 은행에서 밀반입하다 체포됐습니다.

바티칸과 마피아의 유착설은 19세기 이탈리아 통일 과정으로 거슬러 올라갑니다. 교황이 영지를 잃는 등 권력이 급격히 축소되자 지역을 장악한 마피아와 손을 잡았다고 합니다. 이탈리아 마피아는 거대한 '가톨릭 패밀리'입니다. 영화 〈대부God Father〉를 보셨나요. 성당에서 영세를 받을 때 마피아 보스가 대부가 됩니다. 그런 방식을 통해 패밀리가 꾸려집니다. 그렇게 꾸려진 수백 개의 패밀리가 점조직처럼 얽힌 게 마피아입니다.

그러니 쉬운 일이겠습니까. 요한 바오로 1세(1978년 즉위)도 '바티칸 개조'를 위해 칼을 뺐습니다. 마피아 돈세탁 연루 의

혹이 있던 교황청의 실세 주교를 해임했습니다. 교황은 즉위 33일 만에 침실에서 숨진 채 발견됐습니다. 독살설이 파다했습니다. 그 뒤를 이어 즉위한 요한 바오로 2세는 마피아의 근거지인 시칠리아에서 "마피아는 회개하라"고 말했습니다. 두 달 뒤 로마의 성당 두 곳에서 폭탄이 터졌습니다. 다시 두 달 뒤에는 반反마피아 운동을 펼치던 사제가 자신의 집 앞에서 총에 맞아 죽었습니다. 그때부터 교황청은 마피아에 대해 입을 닫았습니다. 바티칸 개조, 마피아 척결은 간단한 일이 아닙니다.

그렇게 21년이 흘렀습니다. 프란치스코 교황은 그 침묵을 깼습니다. 천천히, 그리고 대담하게 '바티칸 개조'의 깃발을 올렸습니다. 이탈리아 3대 마피아 중 하나인 은드란게타의 본거지를 찾아가 "마피아는 파문!"이라고 선언하기도 했습니다. 강력한 '선전포고'입니다. 오랫동안 가톨릭은 이탈리아 마피아의 '안식처'였습니다. 돈세탁 창구뿐 아니라 범죄행위에 대한 정신적 도피처 역할도 했을 겁니다. 프란치스코 교황이 그 고리를 끊어 버린 겁니다.

사람들은 마피아가 교황을 암살할까 봐 걱정합니다. 교황은 개의치 않습니다. 방탄조끼도 입지 않고, 방탄차도 타지 않습

니다. 궁금합니다. 그런 힘이 대체 어디서 나오는 걸까요. 프란
치스코 교황은 말합니다. "하느님은 늘 우리에게 두려워하지
말고 대담하게 행동하라고 말씀하신다."

　두려움은 어디서 나올까요. 그렇습니다. 사심私心에서 나옵
니다. 내가 살고자 할 때 두려움이 생깁니다. 교황의 행보에는
두려움이 없습니다. 참 부럽습니다. 대한민국 국가 개조에도
그런 리더십이 절실합니다. 사심도 없고, 두려움도 없는 리더
십. 다들 그런 지도자, 그런 리더십을 보고 싶어 합니다.

눈.발.속.
반.가.사.유.상.의.모.습.을.
닮.아.보.세.요.

영화 〈킬 빌〉의 주인공은 우마 서먼입니다. 그의 아버지
는 로버트 서먼. 컬럼비아대 명예교수이자 세계적인 불
교 학자입니다. 한국을 찾을 때마다 서먼 교수가 우선순
위로 꼽는 일정이 있습니다. 서울 용산의 국립중앙박물
관에서 금동미륵보살반가사유상을 만나는 일입니다.

　서먼 교수는 "서양에는 로댕의 '생각하는 사람'이 있다.
한국에는 반가사유상이 있다. 둘 다 생각하는 자세다. 느
낌은 정반대다. 로댕의 조각은 힘겹고 불행해 보인다. 마

치 '생각 많은 바보'를 보는 것 같다. 반가사유상은 다르다. 편하고 행복한 모습이다"고 말했습니다. 지난번에 귀국할 때는 반가사유상 조각 상품을 하나 구입해 갔습니다. 그는 서양인 최초의 티베트 불교 출가자였고, 지금도 달라이 라마의 절친한 친구입니다.

제 주위에는 "반가사유상 앞에 10분만 서 있으면 마음이 맑아진다. 세상이 고요해진다"며 종종 박물관을 찾는 동료 기자도 있습니다. 어째서 로댕의 '생각하는 사람'을 볼 때는 머리가 지근지근한데, 반가사유상을 보면 머리가 맑아지는 걸까요.

이유가 있습니다. 우리의 삶에는 수시로 눈이 내립니다. 과거를 보면 아쉽고, 현재는 불만투성이이고, 미래는 두렵습니다. 그런 고민이 때로는 싸락눈으로, 때로는 폭설로 몰아칩니다. 로댕의 '생각하는 사람'은 그런 눈발 속에 앉아 있습니다.

우리의 생각은 눈雪과 똑 닮았습니다. 눈싸움할 때 생각나세요? 두 손으로 눈을 모아 꼭꼭 뭉칩니다. 뭉칠수록 눈은 단단해집니다. 생각도 마찬가지입니다. 뭉치면 뭉칠수록 단단해집니다. 그래서 로댕의 이 조각상을 보면 답답합니다. 고민을 뭉칠 줄만 알지, 녹일 줄은 모르기 때문입니다.

그럼 반가사유상은 어떨까요. 눈발 속에 있긴 마찬가지입니다. 그 역시 생각을 하니까요. 그러나 두 손으로 눈송이를 모으

283

지도 않고, 뭉치지도 않습니다. 생각을 할 뿐, 움켜쥐진 않습니다. 그래서 가볍습니다. 볼에 살며시 갖다 댄 손가락, 오른 다리를 살짝 올린 반가부좌를 보세요. 무게감이 거의 없습니다. 두 조각상에서 느껴지는 무게감. 그게 바로 일상의 무게, 번뇌의 무게, 삶의 무게입니다.

불교방송·유나방송 등에서 마음의 이치를 전하는 정목 스님이 '분노 조절 팁'을 일러준 적이 있습니다. "분노가 일 때 심호흡을 하세요. 종이 분쇄기 아시죠. 그게 내 가슴속에 있다고 생각하세요. 숨을 들이켜면 분노가 들어옵니다. 분쇄기를 통과하며 자동으로 부숴집니다. 잘게 분쇄된 분노를 호흡을 내쉬며 함께 내보냅니다. 내뱉은 분노를 다시 들이마시고, 더 잘게 분쇄하고, 다시 밖으로 내뱉습니다." "들숨과 날숨을 몇 번만 되풀이하면 화가 착 가라앉는다. 실제 효과가 있다"며 사무실 책상에 이 방법을 붙여두는 사람도 봤습니다.

이게 왜 효과가 있을까요. 그 이유를 알면 로댕의 '생각하는 사람'도 언제든지 반가사유상이 될 수 있습니다. 짜증이 나고, 분노가 솟을 때 우리는 눈을 뭉칩니다. 화가 나는 이유를 곱씹을수록 눈 뭉치는 더 단단해지죠.

그때 '아! 분쇄기 방법이 있었지'라며 생각의 채널을 돌립니다. 실은 그 순간에 눈 뭉치는 이미 녹기 시작합니다. 왜냐고요? 다른 생각(분쇄기법)에 집중해야 하니까, 그전에 하던 생각(분노)을 자신도 모르게 놓아버리기 때문입니다. 박물관에서 반가사유상을 감상할 때도 집중해야 합니다. 감상하다 보면 이전의 생각을 저절로 놓게 됩니다. 눈은 절로 녹습니다. 생각도 채널만 돌리면 절로 녹습니다.

로댕의 '생각하는 사람'과 반가사유상. 둘 다 눈발 속에, 온갖 생각 속에 앉아 있습니다. 왜 유독 반가사유상만 입가에 미소를 지을까요. 그는 펑펑 내리는 눈발이 모두 '녹는 눈(녹는 생각)'임을 알고 있기 때문입니다. 반가사유상, 그 오묘한 미소의 비밀입니다.

당신이 바로 그 웃음의 주인공입니다

경북 왜관의 성베네딕도 수도원에서 반가사유상의 '가벼움'을 다시 발견했습니다. 그곳에는 소시지가 유명합니다. 독일 수사들이 전통적 방식으로 직접 만든 수제 소시지입니다. 수사들은 그걸 팔아서 수도원의 살림을 꾸려갑니다. 수도원 안의 작은 가게에는 소시지와 기념품을 팔고 있었습니다.

저는 소시지를 사러 갔습니다. 거기서 작은 십자가 하나를 봤습니다. 참 특이하더군요. 예수가 십자가에 못박혀 있었습니다. 그런데 입을 활짝 벌리고, 싱글벙글 웃고 있었습니다. 마치 만화의 캐릭터처럼 말입니다. 그의 두 팔과 두 다리를 봤습니다. 손에도, 발에도 여전히 못이 박혀 있었습니다. 그런데도 싱글벙글 웃고 있었습니다. 고통의 십자가 위에서 말입니다.

그 모습은 반가사유상과 통했습니다. 우리는 투덜댑니다. "내 삶은 고통스럽다." 각자의 슬픔, 각자의 힘겨움에 잠겨 있습니다. 그래서 로댕의 '생각하는 사람'이 됩니다. 그럼 방법이 없는 걸까요. 수시로 몰아치는 온갖 삶의 비바람 속에서도 소리에 놀라지 않는 사자가 되고, 그물에 걸리지 않는 바람이 되는 길. 반가사유상처럼 하루를 사는 길. 그건 아예 없는 걸까요.

그렇지 않더군요. 반가사유상은 처음부터 반가사유상이 아니니까요. 로댕의 '생각하는 사람'이 길을 걷고, 또 걷다가 반가사유상이 되는 겁니다. 세상의 모든 현자들이 그랬습니다. 그러니 누구든 사자가 되고, 누구든 바람이 될 수 있습니다. 가장 평범한 당신의 하루, 가장 치열한 당신의 일상에서 말입니다.

그 길을 향한 작은 징검다리를 놓습니다. 그걸 이 책에 담았습니다. 이제 한 발씩 떼어 보세요. 책장을 넘기다 보면 때론 생각에 잠기고, 때론 아하 하며 깨닫고 때론 미소 지을 겁니다. 멀리서 찾지 마세요. 그게 바로 반가사유의 미소입니다.

당신이 바로 그 웃음의 주인공입니다.

어제보다 나은 오늘을 창조하는 마음공부

생각의 씨앗을 심다

초판 1쇄 2015년 3월 26일
　　2쇄 2015년 4월 18일

지은이　　｜ 백성호

발행인　　｜ 노재현
편집장　　｜ 서금선
책임편집　｜ 조한별
디자인　　｜ 권오경 김아름
조판　　　｜ 김미연
마케팅　　｜ 김동현 김용호 이진규
제작지원　｜ 김훈일
교정교열　｜ 전경서
일러스트　｜ 강일구

펴낸 곳　　｜ 중앙북스(주)
등록　　　｜ 2007년 2월 13일 제2-4561호
주소　　　｜ (135-010) 서울시 강남구 도산대로 156 jcontentree 빌딩 6, 7층
구입문의　｜ 1588-0950
내용문의　｜ (02) 3015-4514
홈페이지　｜ www.joongangbooks.co.kr
페이스북　｜ www.facebook.com/hellojbooks

ISBN 978-89-278-0621-9 03810